Alte Mühle
Haus der Faltins
Burgruine im Wald

Ina Brandt

Eulenzauber

Im Kreis der Goldflügel

In der Reihe Eulenzauber von Ina Brandt
sind im Arena Verlag erschienen:
Eulenzauber. Ein goldenes Geheimnis (Band 1)
Eulenzauber. Rettung für Silberpfote (Band 2)
Eulenzauber. Eine wunderbare Freundschaft (Band 3)
Eulenzauber. Magie im Glitzerwald (Band 4)
Eulenzauber. Rätsel um die Goldfeder (Band 5)
Eulenzauber. Hilfe für das kleine Fohlen (Band 6)
Eulenzauber. Geheimnisvoller Edelstein (Band 7)
Eulenzauber. Ein neuer Freund für Goldwing (Band 8)
Eulenzauber. Der große Herzenswunsch (Band 9)
Eulenzauber. Flora und das Weihnachtswunder
Eulenzauber. Mein Freundebuch
Eulenzauber. Mein magisches Malbuch

Ina Brandt
arbeitete nach dem Germanistikstudium einige Jahre als Lektorin, bevor sie sich als Autorin selbstständig machte. Seitdem hat sie zahlreiche Kinderbücher veröffentlicht. Mit »Eulenzauber« erfüllt sie sich einen lang gehegten Traum, den ihr ein kleiner Waldkauz in vielen Nächten aus dem Garten zugerufen hat. Die Autorin lebt mit ihrem Mann und ihren beiden Töchtern in der Nähe von Stuttgart.

Irene Mohr
wurde in Hamburg geboren und hat dort an der Fachhochschule für Gestaltung Grafikdesign studiert. Seitdem arbeitet sie als Illustratorin und Grafikerin für verschiedene Kinderbuchverlage. In ihrem Atelier hat sie eine Malschule gegründet und dort viele Jahre Kurse für Kinder und Erwachsene gegeben. Wenn sie keine Bücher illustriert, ist sie am liebsten in der freien Natur – zwar ohne Eule, aber dafür gerne mit Pinsel und Staffelei.

Ina Brandt

Eulenzauber

Im Kreis der Goldflügel

Mit Illustrationen von
Irene Mohr

Arena

Für alle, die Mut haben
zu träumen

FSC
www.fsc.org
MIX
Papier aus verantwortungsvollen Quellen
FSC® C110508

1. Auflage 2019

Umschlag- und Innenillustration: Irene Mohr
Logogestaltung: Max Meinzold
Umschlaggestaltung: Anja Götz
Gesamtherstellung: Westermann Druck, Zwickau GmbH
ISBN 978-3-401-60457-2

www.arena-verlag.de
www.eulenzauber-lesen.de

Diese Zeilen hinterlasse ich dem Menschen, der daran glaubt, dass es Zaubereulen wirklich gibt! Dem, der bereit ist, ihr Geheimnis zu wahren und ihre Kräfte weise zu nutzen. Dem, der seine Eule gefunden hat, die bloß er verwandeln kann. Nur wenn die beiden wirklich füreinander bestimmt sind, wird das Wunder wahr.

1

Ein wunderschöner Vogel

»Duck dich!«, zischte Miri. Sie kauerte ganz in der Nähe hinter einem Busch und bedeutete Flora aufgeregt, sich noch besser zu verstecken. Flora hörte nicht weit von sich Schritte. Laub raschelte, ein paar Zweige knackten. Ihr Herz klopfte bis zum Hals. Hoffentlich verriet sie ihr Glitzer-T-Shirt zwischen den lich-

ten Zweigen der halbhohen Tannen nicht. Sie machte sich so klein wie möglich und kniff die Augen zusammen. Früher beim Versteckspielen hatte sie immer gedacht, wenn *sie* niemanden sah, dann würde auch sie nicht gesehen. Sie hielt die Luft an. Hoffentlich hatte sie Glück!

»He, Paul, komm hier rüber! Ich glaube, ich habe sie gesehen!«, hörte sie da eine Stimme rufen. Das klang nach Jonathan. Voller Erleichterung stellte Flora fest, dass die Schritte sich entfernten.

Sie sah, wie Miri übers Gebüsch spähte. Sie winkte Flora, ihr zu folgen, und raste los.

So schnell sie konnten, liefen die beiden durch den Wald bis zu der großen Kastanie, die am Rand der Wiese stand.

»Miri, freigeschlagen!«, rief Miri keuchend.

»Flora, freigeschlagen!«, schloss Flora sich an. Auch sie war ziemlich außer Puste. Ein paar Jungs kamen mit langen Gesichtern aus dem Wald.

»Wir hätten euch sowieso gleich gehabt«, maulte Paul.

»Dann musst du nächstes Mal die Augen aber besser aufmachen«, meinte Miri. »So knapp bist du an Flora vorbei.« Sie deutete mit Daumen und Zeigefinger ungefähr zwei Zentimeter an.

»Wer's glaubt …«, erwiderte Paul kopfschüttelnd.

Frau Green, ihre Musiklehrerin, klatschte in die Hände.

»Come on, boys and girls, wir üben noch mal unser Lied!«, rief sie und schlug zwei Joghurtbecher aneinander.

Immer mehr Kinder strömten aus dem Wald und schnappten sich ihre Becher. Frau Green, die aus Amerika kam, sah heute mal wieder supercool aus, fand Flora. In ihrem bunt bedruckten schulterfreien Blumenkleid und den Riemchensandalen mit Glitzersteinen sah sie in der Wiese aus wie ein exotischer Vogel. Vielleicht nicht ganz passend für ein Grillfest, aber das war ja egal.

Zum Abschluss des Schuljahres hatte sie mit den Kindern ein Lied für Eltern und Geschwister eingeübt. Und das klappte mittlerweile richtig gut, auch wenn die verschiedenen Klopfeinlagen mit den Bechern gar nicht so einfach waren.

Nach und nach kamen die Familien aus Floras Klasse an. Sogar Leas Eltern mit der kleinen Paula, die erst ein paar Monate alt war. Stolz schob Lea den rot-weiß gepunkteten Kinderwagen über die Wiese. Flora, Miri und ein paar andere Kinder liefen zu ihr, um der kleinen Paula Hallo zu sagen. Mit großen, strahlend blauen Kulleraugen blickte das Baby erstaunt in die vielen fremden Gesichter.

»Oh, wie süß!« und »Schau mal, die winzigen Finger!«, erklangen verzückte Ausrufe.

Nathalie, die auch einen Blick in den Kinderwagen geworfen hatte, wandte sich kopfschüttelnd ab.

»Sieht aus wie jedes andere Baby auch«, sagte sie zu Emilie. »Mit denen kann man doch nichts anfangen. Schlafen, essen, schreien und stinken. Mehr passiert da eh nicht.«

Obwohl Nathalie leise gesprochen hatte, hatte Lea sie gehört. Das Lächeln wich aus ihrem Gesicht und sie warf Nathalie einen missmutigen Blick zu.

»Da passiert ganz schön viel«, widersprach sie. »Paula kann zum Beispiel seit ein paar Tagen an ihrem großen Zeh lutschen. Das musst du erst mal nachmachen. Und dann lacht sie sich jedes Mal kaputt dabei. Das ist wirklich lustig.«

Nathalie verdrehte die Augen. »Wahnsinnig lustig. Ich lach mich schlapp.«

Mit diesen Worten ließ sie die anderen stehen und zog Emilie mit sich fort. Lea blickte ihr gekränkt hinterher.

Miri seufzte. »Nathalie ist ja mal wieder in Hochform.«

»Sie kann es eben einfach nicht lassen. Am besten hörst du gar nicht hin«, versuchte Flora, Lea zu trösten.

»Und wenn das während dem Zeltlager dauernd so weitergeht?«, fragte Lea geknickt.

»Ach was, da ist doch Paula nicht dabei. Und wir sind ja auch noch da«, erwiderte Miri und lächelte Lea zu. Sie nahm sich Nathalies blödes Gerede nicht so zu Herzen und war nie um eine Antwort verlegen.

Flora dagegen war manchmal einfach sprachlos, wie man so gemein sein konnte. Auch wenn sie Nathalie inzwischen ein bisschen besser verstand, seit sie zufällig mitbekommen hatte, dass Nathalie adoptiert war. Sie hatte ihre richtigen Eltern nie kennengelernt und Flora glaubte, sie wünschte sich einfach eine ganz normale Familie. Sicher auch mit Geschwistern. Nur deswegen war sie so bissig.

Flora war fest entschlossen, sich das Zeltlager von ihr nicht vermiesen zu lassen. Sie freuten sich schon seit Wochen darauf! Genauer gesagt seit Sarah, die Besitzerin des Reiterhofs, ihnen von ihrer Idee erzählt hatte, mit den Pferden zelten zu gehen. Drei Tage lang konnten sie sich von morgens bis abends um sie kümmern, lange Ausritte machen, ihnen auf der Koppel zuschauen …

Plötzlich traf Flora etwas Hartes am Rücken. Sie drehte sich um und sah ihren Bruder Felix, der bereits mit dem zweiten unreifen Apfel nach ihr zielte.

»Wir sind daaa!«, rief er und schleuderte das nächste Geschoss los. Flora duckte sich und der Apfel flog an ihr vorbei.

»Hab ich gemerkt«, antwortete sie leicht genervt. Da kamen auch ihre Eltern über die Wiese.

»Komm, Flora, schnitzen wir uns gleich ein paar

Stöcke für die Würstchen«, schlug ihr Vater vor. »Die könnt ihr sicher später noch fürs Zeltlager brauchen.«

»Macht ihr mit?«, fragte Flora Miri und Lea. Die beiden nickten und gemeinsam mit Herrn Faltin gingen sie Richtung Wald. Felix kam auch mit, denn er wollte sich seinen Stock natürlich selbst schnitzen.

Herr Faltin suchte mit den Kindern ein paar Äste und zeigte ihnen, wie sie mit dem Messer umgehen mussten.

»Die sehen richtig gut aus«, lobte er sie, als sie fertig waren.

»Kann ich noch einen für Zoe machen?«, fragte Flora. »Sie kommt vor dem Zeltlager bestimmt nicht in den Wald wie wir.«

Ihr Vater nickte und half Flora, einen geeigneten Ast zu suchen. Zoe würde sich sicher freuen, dass Flora an sie gedacht hatte.

Sie fand es so toll, dass Zoe mitdurfte ins Zeltlager, obwohl sie noch gar nicht so gut reiten konnte. Und auch nicht wie die anderen bei Sarah auf dem Hof Unterricht nahm. Aber sie war früher Floras beste Freundin gewesen, als sie noch in der Stadt gewohnt hatte, und deswegen hatte Sarah Ja gesagt. Sie wusste, dass sie den beiden damit eine riesige Freude machte.

Und mit der gutmütigen Haflingerstute Mamalu würde Zoe bestimmt zurechtkommen.

Zufrieden betrachtete Floras Vater die Stöcke. »Das ist doch schon mal gute Vorarbeit«, meinte er. »Damit könnt ihr euch 1-a-Würstchen grillen.«

Bei dem Gedanken daran lief Flora sofort das Wasser im Mund zusammen. Plötzlich hatte sie einen Bärenhunger.

»Das testen wir jetzt gleich einmal aus«, sagte sie und warf einen Blick hinüber zur Grillstelle. Dort stieg schon Rauch auf und ein verführerischer Duft stieg Flora in die Nase.

Schnell gingen sie zu den anderen zurück und suchten sich einen Platz am Feuer. Immer wieder drehte der Wind und blies ihnen den Rauch ins Gesicht. Wie das in den Augen brannte! Flora kam es vor, als ob es ewig dauerte, bis die Würstchen endlich fertig waren. Ihr Magen knurrte immer lauter, aber schließlich war es so weit. Mit einem genussvollen Seufzen biss Flora in ihr Brötchen. Mmh, das schmeckte köstlich! Anschließend bedienten sie sich noch an dem leckeren Buffet, das auf ein paar Biertischen aufgebaut war. Flora und Miri mampften sich durch Nudelsalate, Tomaten-Mozzarella-Spieße, Melonenscheiben und Schoko-Muffins. Zum Schluss

waren sie so satt, dass sie sich einfach nur noch in die Wiese fallen ließen.

Flora schaute in den blauen Himmel, an dem keine einzige Wolke zu sehen war. Die Sonne blendete sie und sie schloss die Augen. Wie herrlich! Nur noch morgen einmal in die Schule und dann waren endlich Ferien!

Am nächsten Tag würde Zoe mit ihrer Mutter kommen und Flora abholen. Endlich durfte sie wieder mal bei ihr übernachten, wie sie das früher so oft getan hatte. Flora freute sich riesig! Aber ein bisschen wehmütig war sie auch, denn das bedeutete, dass sie sich nicht wie sonst abends mit Goldwing im Garten treffen konnte. Seit sie ihre Zaubereule zum ersten Mal verwandelt hatte, hatten sie sich jeden Tag gesehen. Außer einmal, als Flora mit Fieber im Bett gelegen hatte. Es war schwer, sich vorzustellen, so weit weg von Goldwing zu sein. Flora wusste schon jetzt, sie würde sie schrecklich vermissen!

»Huch, was ist das denn?« Ungläubige Rufe wurden laut und Flora richtete sich auf. Da sah sie eine Eule über die Wiese fliegen! Mit lautlosen Flügelschlägen fegte sie über die Köpfe der Leute hinweg und zog dann etwas höher elegant ein paar Kreise in der Luft.

»Was für ein wunderschöner Vogel«, murmelte Leas Mutter.

Floras Herz hüpfte vor Freude. Das war Goldwing! Als ob ihre kleine Eule gespürt hätte, dass sie an sie dachte.

Sie sprang auf und ging mit Miri zu den anderen, die alle kopfschüttelnd nach oben starrten.

»Ich dachte, Tiere haben Angst vor Feuer«, meinte Felix. »Und Eulen nicht?«, fragte er seinen Vater. Er als Tierarzt musste das schließlich wissen.

Herr Faltin schüttelte den Kopf. »Doch, eigentlich schon«, erwiderte er. »Absolut ungewöhnlich, dass sie sich so nah heranwagt.«

Miri lachte. »Nicht, wenn man einen Eulen-Magneten wie Flora dabeihat. Flora zieht Eulen nämlich magisch an.«

Damit spielte sie darauf an, dass Goldwing schon öfters aufgetaucht war. Beim Wettlauf gegen die andere Schule, bei Sarahs Hoffest …

»Oder magisch von ihnen angezogen wird«, meinte Frau Faltin mit einem Blick auf Floras T-Shirt mit der Glitzereule. »Tassen, Kissen, Bilder …«, zählte sie mit den Fingern auf und zwinkerte Flora zu.

Flora lachte. Wenn Miri und ihre Mutter wüssten, dass sie mit »magisch« genau ins Schwarze getroffen hatten. Denn ihre kleine Eule hatte ja tatsächlich Zauberkräfte!

»Von Eulen kann man eben nie genug bekommen«, erwiderte sie grinsend. »Und von einer ganz besonders nicht«, fügte sie im Stillen hinzu. Von Goldwing, ihrer Zaubereule!

2

Eine Eule unter der Dusche?

Als sie wieder zu Hause waren, lief Felix gleich zum Kühlschrank und aß in Windeseile zwei Joghurtbecher leer.

»Wir singen euch ein Lied, *zack, zack*«, trällerte er und schlug dabei die Böden der Becher aneinander.

»Doch nicht so!«, protestierte Flora. »Da muss ein Rhythmus rein, sonst klingt das doof.«

Sie machte ihrem Bruder vor, wie sich das anhören sollte, aber Felix kriegte es nicht so schnell hin. Klar, auch Floras Klasse hatte dafür einige Male geübt.

»Vielleicht solltest du die Becher erst einmal auswaschen«, schlug Frau Faltin mit einem Blick auf Felix' verschmierte Hände vor.

»Keine Lust«, erwiderte

Felix. »Da bin ich lieber eine Eule.« Mit wilden Armbewegungen raste er in Richtung Flur.

»Da kannst du gleich mal unter die Dusche flattern!«, rief Herr Faltin ihm nach.

»Dazu musst du mich erst faaangen«, gab Felix nur zurück.

»Na warte«, meinte Herr Faltin und zwinkerte Flora zu. »Jetzt kommt der Faltin-Falke, der schnellste Vogel der Welt.« Mit diesen Worten rannte er los und schon bald war eine wilde Verfolgungsjagd im Gang.

Flora und ihre Mutter lachten. »Falke gegen Eule – wer da wohl das Rennen macht?«, fragte Frau Faltin.

In diesem Moment ertönte ein klägliches »Huuuhhuuh« aus dem Wohnzimmer und Herr Faltin erschien mit dem zappelnden Felix auf der Schulter.

»Eulen-Duschzeit!«, verkündete er, bevor er mit Felix im Bad verschwand.

Flora schmunzelte und für einen kurzen Moment stellte sie sich Goldwing unter der Dusche vor. Wenn sie sich mit ihren goldenen Flügeln das Wasser aus den Federn schüttelte – das wäre ein Anblick! Ob Goldwing das wohl gefallen würde?

Als alle schliefen und Flora in den Garten trat, holte sie tief Luft. Ein leichter Wind, der immer noch warm war, streifte ihr Gesicht. Der Duft des Lavendels, den ihre Mutter zwischen die alten Rosenstöcke gepflanzt hatte, streifte ihre Nase. Mmh, das roch nach Sommer!

Flora liebte diese Zeit, wenn alles ruhig war und sie sich wie immer abends mit Goldwing heimlich hinten bei den Tannen traf. Mit ihr konnte sie über alles reden, auch über duschende Eulen. Davon musste sie ihr natürlich unbedingt erzählen.

Goldwing wartete bereits auf sie und Flora holte schnell den Eulenring aus ihrer Hosentasche.

»Zaubereule, komm herbei!«, flüsterte sie, als Goldwing ihren Schnabel nach dem Ring ausstreckte. Und gleich darauf überzog ein sanfter Schimmer ihre Flügel, bis sie schließlich in glitzerndem Gold strahlten. Diese Verwandlung war für Flora jedes Mal aufs Neue das pure Wunder. Dass sie wirklich eine Eulenfreundin war und dieser kleinen Waldohreule ihre Zaubergestalt verleihen konnte – nicht einmal im Traum hätte sie so etwas für möglich gehalten. Als Zaubereule verstand Goldwing die Sprache aller Tiere und auch der Menschen. Aber obwohl sie sich mit Flora unterhalten konnte, kannte sie vieles nicht aus ihrer Welt. Wie zum Beispiel Duschen.

»Ihhh, Wasser auf dem Kopf!« Sie schüttelte sich,

sodass es aussah, als würde das Gold aus ihren Flügeln in alle Richtungen spritzen. »Da halte ich mich lieber mit meinem Schnabel sauber.«

»Ich mag das genauso wenig«, pflichtete Flora ihr bei. »Und dann noch Haarewaschen! Dauernd läuft einem Shampoo in die Augen. Stell dir mal vor, manche Leute machen das freiwillig jeden Tag!«

Ihr fiel Nathalie ein, die heute wie üblich ständig an ihrer Frisur rumgefummelt hatte.

»Nathalie war mal wieder richtig doof«, beklagte sie sich bei Goldwing. »Sie hat Lea wegen dem Baby so blöd angeredet. Und über uns hat sie sich lustig gemacht, weil wir Verstecken gespielt haben. Das ist ihr natürlich viel zu uncool.«

»Selbst schuld«, meinte Goldwing. »Ich glaube, wenn ich sie das nächste Mal sehe, bringe ich sie mit einem kleinen Sturzflug mal ein bisschen auf Trab. Dann ist sie bestimmt nicht mehr so cool.«

Flora lächelte, als sie sich vorstellte, wie Goldwing Nathalie über die Wiese scheuchte. Das fänden die anderen sicher auch lustig! Da fiel ihr noch etwas ganz anderes ein.

»Vorhin hat übrigens Emil angerufen«, berichtete sie. »Er war ganz aufgeregt, weil Hibu zum ersten Mal mit seiner Zauberkraft einem verletzten Eichhörnchen geholfen hat. Emil war so stolz, dass er mir das unbedingt gleich alles haarklein am Telefon erzählen musste. Natürlich heimlich, damit seine Eltern nichts mitbekommen. Ich soll dir viele Grüße ausrichten.«

»Wie schön für Hibu«, freute sich Goldwing. »Ich

kann gut verstehen, dass er stolz ist. Denn das ist es ja, wofür wir Zaubereulen da sind: um anderen zu helfen.«

Flora schaute Goldwing liebevoll an. Sie war so eine tolle Zaubereule und hatte schon vielen geholfen. Silberpfote, dem verwaisten Fuchs, Mary, dem verletzten Reh, Luna, dem Zirkuspony …

Auch Flora freute sich für den kleinen Waldkauz, der seinen Eulenfreund erst vor Kurzem kennengelernt hatte. Die beiden hatten nicht so viel Erfahrung wie Flora und Goldwing und mussten noch einiges lernen. Flora schmunzelte. Sie konnte Hibu richtig vor sich sehen, wie er mit vorgereckter Brust neben dem Eichhörnchen saß.

»So klar wie heute Nacht war der Himmel, nachdem ich mit Hibu den dicken Nebel bei der Sternwarte vertrieben habe«, meinte Goldwing mit einem Blick auf die funkelnden Sterne.

Flora nickte. Ja, gemeinsam hatten die beiden dafür gesorgt, dass Herr Löwe, der Leiter der Sternwarte, doch noch die Supernova beobachten konnte. Diese Explosion eines Sterns, die nur alle Lichtjahre einmal vorkam und auf die er so lange gewartet hatte.

»Vielleicht können wir die beiden in den Ferien wieder einmal treffen?«, überlegte Goldwing.

»Das wäre schön«, meinte Flora. »Aber jetzt treffe ich mich erst mal mit Zoe. Ich habe dir ja erzählt, dass ich übermorgen bei ihr übernachten darf.«

Goldwing nickte und sah ein bisschen traurig aus. »Ich werde ganz fest an dich denken«, sagte sie leise.

»Und ich an dich«, versicherte Flora. Da fiel ihr Blick auf das Freundschaftsband, das sie immer trug und das sie auch Goldwing geschenkt hatte.

»Du bist überall bei mir, selbst wenn ich am Ende der Welt wäre«, flüsterte sie und streckte ihr die Hand hin. »Freunde für immer!«

Goldwing nickte. »Ja, Freunde für immer!«

3

Eine Entdeckung am Bach

Am nächsten Morgen tastete Flora wie immer verschlafen nach dem piepsenden Wecker. Doch dann fiel ihr schlagartig ein: Heute war ja der letzte Schultag! Juhu! Fröhlich hüpfte sie aus den Federn, sauste ins Bad und zog sich an.

»Mama, ich muss die Sachen fürs gemeinsame Frühstück noch mitnehmen«, sagte sie zu ihrer Mutter, als sie in die Küche kam.

»Ich habe sie schon hergerichtet«, erwiderte Frau Faltin und deutete auf einen Korb. Darin befanden sich eine große Tüte Müsli und ein paar Schalen mit frischen Beeren. Das gab es alles im Laden der alten Mühle, in dem Floras Mutter arbeitete. Dort mahlte Magda, die Besitzerin, ihr eigenes Mehl, stellte Müsli- und Backmischungen her und verkaufte Obst und Gemüse aus der Gegend.

»Das ist eine schöne Idee von Frau Hauser, dass ihr heute zum Abschluss zusammen frühstückt«, meinte Floras Mutter.

»Noch viel schöner finde ich, dass es danach eine Wasserschlacht gibt«, erwiderte Flora und schaute nach, ob ihre Wasserpistole auch in ihrer Schultasche war.

»Vielleicht solltest du ein paar Klamotten zum Wechseln einpacken«, überlegte Frau Faltin. »Ihr werdet sicher alle patschnass sein.«

»Ach, das brauche ich nicht«, wehrte Flora ab. »Wenn es so warm wie gestern wird, sind wir ruckzuck wieder trocken.«

Da kamen auch Felix und Herr Faltin in die Küche. Herrn Faltins Haare waren ganz verstrubbelt und er gähnte herzhaft.

»Fängst du heute später an?«, fragte Flora. Normalerweise war ihr Vater immer schon auf dem Sprung in die Praxis, wenn Flora und Felix zum Frühstück kamen.

»Ich fange heute gar nicht an«, verkündete Herr Faltin verschmitzt. »Denn wir machen nach der Schule gemeinsam …« – er legte eine kunstvolle Pause ein – »… eine Radtour zum *Waldvogel!*«

»Jaaa!«, jubelte Felix.

»Super!«, rief auch Flora. Es war ewig her, seit sie den Biergarten, der mitten im Wald an einem breiten Bach lag, besucht hatten.

Ihre Eltern lachten, weil die Kinder so strahlten. »Wir dachten, das ist doch ein perfekter Start in die Ferien«, meinte Frau Faltin und legte einen Arm um ihren Mann. Flora sah, wie sie sich freute, dass die Praxis heute geschlossen blieb. Ihre Mutter sagte immer, dass Floras Vater zu viel arbeitete und zu wenig Zeit für die Familie blieb. Aber darüber würde sie sich heute nicht beschweren. Flora konnte es schon jetzt kaum mehr erwarten!

»Frühstück, Wasserschlacht, Radtour, Waldvogel ...«, zählte sie mit den Fingern auf. »Gleich vier tolle Sachen an einem Tag!«

»Nein, fünf!«, korrigierte sie ihr Vater. »Hast du vergessen, dass wir abends noch einen Termin bei den Steinkäuzen haben?«

Flora schlug sich an die Stirn. »Oh ja, stimmt!«, rief sie. »Da hab ich gar nicht mehr daran gedacht.« Ihr Vater hatte ihr nämlich zu Weihnachten die Patenschaft für einen kleinen Steinkauz geschenkt und nun waren die Jungen so alt, dass sie beringt werden sollten. Flora spürte, wie sie vor Aufregung ganz kribbelig wurde. Heute würde sie endlich ihr Patenkind kennenlernen!

»Jetzt aber los«, drängte Frau Faltin die Kinder aus der Küche. »Sonst kommt ihr noch zu spät.« Das musste sie heute nicht zweimal sagen. An so einem Schultag wollten die beiden keine Minute verpassen.

Wenig später ließ sich Flora mit den anderen aus ihrer Klasse das Frühstück schmecken. Anschließend verteilte Frau Hauser die Zeugnisse.

Flora strahlte. In Musik hatte sie eine Eins! Der Unterricht bei Frau Green war für sie immer das

Größte. Eigentlich kam ihr das gar nicht wie Unterricht vor, denn die meiste Zeit sangen, klatschten oder tanzten sie. Oder Frau Green erzählte spannende Geschichten zu Musikstücken und Komponisten. Und das alles in ihrem lustigen amerikanischen Akzent und den coolen Klamotten. Flora kam sich manchmal so vor, als ob sie direkt in Hollywood wären. Schade, dass nicht jeden Tag Musik auf dem Stundenplan stand.

Auf dem Heimweg klebten Floras Klamotten tatsächlich patschnass an ihrem Körper. Die Kinder hatten sich wie wild über den Schulhof gejagt, mit Wasserpistolen abgeschossen und triefenden Schwämmen beworfen. Das hatte allen so viel Spaß gemacht! Na ja, fast allen … Nathalie hatte natürlich immer extralaut gequietscht, wenn sie auch nur ein paar Spritzer abgekriegt hatte. Einmal wurde sie dann aber von einem Schwamm mitten ins Gesicht getroffen. Wie im Schock erstarrt war sie dagestanden, während das Wasser von ihrem Kinn tropfte. Flora musste jetzt noch grinsen, wenn sie daran dachte. Danach war Nathalie mit Emilie im Schulklo verschwunden

und für den Rest der Wasserschlacht nicht mehr aufgetaucht. Flora schüttelte den Kopf. Wie konnte man sich nur so anstellen!

Felix summte das Lied vor sich hin, das Frau Green zum Abschluss mit allen Kindern gesungen hatte. »Ferien, Ferien! Einfach in der Wiese liegen, Eis essen, mit Freunden spielen …« Ja, darauf freuten sich jetzt alle!

Kaum waren Flora und Felix daheim, machten sich die Faltins auf zu ihrer Radtour. Ein ganzes Stück fuhren sie am Fluss entlang, vorbei an blühenden Blumenwiesen und Apfelbäumen, auf denen sich die ersten noch grünen Früchte zeigten. Die Sonne brannte vom Himmel und Flora war froh um den leichten Fahrtwind, der um ihre Nase strich. Im Wald war es ein bisschen kühler und es tat gut, im Schatten zu sein. Nur hier und da drangen Lichtstrahlen zwischen den Blättern durch und Flora genoss es, hier so allein mit ihrer Familie dahinzuradeln.

Als sie den Biergarten erreichten, saßen bereits einige Leute beim Mittagessen. Flora lief das Wasser im Mund zusammen, als sie auf die großen Teller mit Pommes frites und Bratwürsten schaute. Sie suchten sich einen Platz und gaben ihre Bestellung auf.

»Können wir zum Bach?«, fragte Felix seine Eltern, kaum dass die Getränke auf dem Tisch standen. »Ich brauche unbedingt ein bisschen Abkühlung. Es hat doch mindestens 50 Grad!«

»So viel?«, fragte Herr Faltin lachend. »Dann ist es wirklich Zeit für eine Erfrischung. Aber passt auf, dass ihr nicht klatschnass werdet.«

Die Kinder liefen zum Bach. Auch Flora war ziemlich heiß. Sie spürte, wie ihre Haare verschwitzt an der Stirn klebten. Herrlich, dass der »Waldvogel« direkt an diesem Bach lag, der sich mal breiter, mal schmaler zwischen den Mooskissen durch die weite Lichtung schlängelte.

Kaum hatten Flora und Felix das Ufer erreicht, zogen sie sich die Schuhe aus und wateten ins Wasser. Es reichte ihnen nicht mal bis zum Knie, war aber wunderbar kühl und wirklich eine Erfrischung. Glasklar sprudelte der Bach um ihre Beine und geriet erst vor ein paar dicken Steinen nicht weit von ihnen ins Stocken.

»Da könnten wir einen Staudamm bauen«, schlug Flora vor.

»Ja, gute Idee!«, rief Felix sofort und schnappte sich gleich ein paar Steine, die er zwischen den größeren aufschichtete. Flora half mit und eine Weile arbeiteten

die beiden schweigend vor sich hin. An einer Stelle war der Staudamm nun schon ziemlich dicht. Als Flora noch einen kleineren Stein in eine Lücke stopfen wollte, stockte sie plötzlich. Was war das denn? Sie schaute sich den Stein genauer an. Das sah doch aus wie … eine versteinerte Schnecke!

»Guck mal!«, rief sie und hielt Felix ihren Fund hin.

»Hui, die ist ja toll!«, sagte Felix und fuhr mit dem Finger über das Schneckenhaus, an dem sogar die einzelnen Rillen noch zu erkennen waren.

Sie rannten zu ihren Eltern und Flora zeigte ihnen aufgeregt ihre Entdeckung.

Die beiden staunten nicht schlecht und Herr Faltin erzählte, er hätte als Kind auch einmal so eine Schnecke gefunden. »Da lag ein großer Klotz am Boden, der war bestimmt so lang wie mein Unterarm. Den wollte ich wegtragen, doch dabei ist er mir runtergefallen und in zwei Teile zersprungen. Heraus kam eine riesige Schnecke! Meine Freunde haben damals vielleicht Augen gemacht. Ich natürlich auch. Wenn man bedenkt, dass so eine Versteinerung Zeugnis aus einer Zeit vor Hunderten von Jahren ist. Und plötzlich halten wir es in der Hand.«

Flora schaute nachdenklich auf die kleine Schnecke. *Vor Hunderten von Jahren …*, gingen ihr die Worte ihres Vaters durch den Kopf. Damals hatte es sicher nicht nur Schnecken, sondern auch Eulen gegeben. Und Zaubereulen?

Wenn Flora nur mehr aus dieser Zeit wüsste! Wie war denn die erste Eule eine Zaubereule geworden? Wer hatte ihr ihre Kräfte verliehen – oder war sie einfach eines Tages so geboren worden? Wie hatte das alles angefangen? Es war so schade, dass es dazu kein altes Buch oder sonst irgendetwas gab, mit dessen Hilfe

Flora mehr hätte in Erfahrung bringen können. Vielleicht konnte sie Dareia, eine der vier Herrscherinnen aus Athenaria, einmal dazu befragen? Oder Aspiro, ihre Helfer-Eule?

Plötzlich wurden Floras Gedanken durch wildes Gebell unterbrochen. Unter dem Nachbartisch lag ein Hund mit einem großen Knochen. Wütend schnappte er nach einem kleinen Pudel, der ihm wohl zu nahe gekommen war. Der Pudel fiepte auf vor Schmerz und drückte sich winselnd an die Beine seiner Besitzerin. Besorgt beugte sie sich zu ihm und hob ihn hoch.

Für einen Augenblick war es mucksmäuschenstill im Biergarten. Einige Kinder schauten erschrocken herüber.

»Du blutest ja«, sagte die Besitzerin und tupfte besorgt mit der Papierserviette am Bein ihres Hundes herum.

Herr Faltin ging zu ihr. »Ich bin Tierarzt und kann mir das gern einmal anschauen«, bot er an. Die Frau nickte und Herr Faltin untersuchte vorsichtig mit ein paar geübten Handgriffen die Verletzung. Der Hund hielt ganz still, als ob er spürte, dass Herr Faltin ihm helfen wollte.

»Da hat Ihr Kleiner Glück gehabt«, verkündete

Floras Vater schließlich. »Die Wunde ist nicht tief, sie wird schnell wieder heilen.«

Die Frau war erleichtert und Flora war richtig stolz auf ihren Vater. Was für eine tolle Art er hatte, mit Tieren umzugehen!

Der Besitzer des anderen Hunds entschuldigte sich bei der Dame mit ihrem Pudel.

»Ist ja nichts Schlimmes passiert«, meinte sie versöhnlich.

Der Mann nickte. »Ja, zum Glück. Beim Fressen versteht mein Carlos leider keinen Spaß. Da darf ihm niemand zu nahe kommen.«

In diesem Moment brachte die Bedienung das Essen für die Faltins. »Also ich verstehe beim Essen genauso wenig Spaß«, meinte Felix mit einem Blick auf sein Schnitzel. »Davon würde auch ich keinen Bissen hergeben.«

Da flog ein kleiner gelber Schmetterling über den Tisch und landete auf Felix' Teller. Flügelschlagend verharrte er am Rand.

»Nicht mal diesem Zitronenfalter?«, fragte Flora und grinste.

Felix warf einen Blick auf den Ankömmling. »Na ja, dem vielleicht schon. In den passt ja nicht viel rein.«

Da flog der Schmetterling aber schon weiter und Flora schaute ihm nach, bis er sich in einem hohen Busch mit großen lilafarbenen Blüten niederließ. Darin tummelten sich ja noch viel mehr von diesen kleinen Faltern! Ihre gelben Flügel leuchteten in der Sonne, fast wirkten sie wie Gold. Wenn das alles Zaubereulen wären, wie wunderschön würde das aussehen, dachte Flora verträumt. Es gab ja noch viel mehr von ihnen, nicht nur Goldwing und Hibu, sondern überall, auf der ganzen Welt. Wie gern würde Flora die alle einmal kennenlernen!

4

Ein nettes Pärchen

Nach dem Essen machten sich die Faltins wieder auf den Heimweg. Felix wäre am liebsten noch länger geblieben und hätte an dem Staudamm weitergebaut. Aber Flora und ihr Vater hatten schließlich noch was vor. Die kleinen Steinkäuze warteten doch auf sie!

Als sie zu Hause waren, zog sich Flora schnell um. Auf der Fahrt war sie ziemlich ins Schwitzen geraten und sie war froh, als sie aus dem feuchten T-Shirt herauskam. Dann holten sie Miri ab. Sie wollte natürlich Floras Patenkind auch unbedingt kennenlernen. Schließlich hatten sie sich die letzten Tage gemeinsam alle möglichen Namen überlegt. Doch keiner hatte ihnen so richtig gefallen. Die Mädchen hatten daher beschlossen, die Beringung abzuwarten. Vielleicht mussten sie den Kleinen erst einmal sehen, um zu wissen, welcher Namen am besten zu ihm passte.

Floras Vater fuhr mit ihnen in einen Nachbarort, der nur wenige Kilometer entfernt war. Dort trafen sie sich am Friedhof mit einem älteren Mann, der für die

Pflege der Steinkäuze zuständig war. Herr Schuster kümmerte sich seit vielen, vielen Jahren darum, dass es wieder mehr Steinkäuze hier in der Gegend gab, nachdem sie eine Zeit lang fast verschwunden gewesen waren.

Gemeinsam gingen sie einen Weg zwischen Feldern und

Obstwiesen entlang. An einem großen alten Birnbaum wartete ein junger Mann namens Sven, der Herr Schusters Gehilfe war. Nachdem er allen Hallo gesagt hatte, kletterte er geschickt eine Leiter bis zu einem der dickeren Äste hinauf, auf dem eine Holzröhre befestigt war. Darin tastete er eine Weile herum, bis er schließlich zwei kleine Vögel herausholte. Behutsam steckte er sie in eine Baumwolltasche, die er mit einem Gürtel quer über den Oberkörper trug. Während er wieder nach unten stieg, protestierten die Vögel mit heiseren Kreischrufen, die noch ziemlich dünn klangen. Sven redete die ganze Zeit beruhigend auf sie ein, auch als er wieder bei den anderen angekommen war und die zwei kleinen Piepmätze vorsichtig herausholte.

»Wollt ihr sie mal halten?«, fragte er die Mädchen.

»Ja!«, sagten beide sofort wie aus einem Mund. Sven und Herr Schuster zeigten ihnen, wie sie die Vögel anfassen mussten, damit sie sich nicht an den Krallen verletzten.

Flora spürte, wie sie vor Aufregung zitterte. Nun saß tatsächlich ein Steinkauzbaby hier in ihrer Hand! Es sah so goldig aus, dass Flora ganz warm wurde ums Herz. Mit gelb umrandeten Augen, die in dem kleinen Gesicht mit der flachen Stirn riesig wirkten, starrte der Jungvogel Flora fragend an. Wie hauchzart sich die Federn und der kleine, zerbrechliche Körper anfühlten.

»Halte ich ihn so richtig?«, fragte sie Herrn Schuster ängstlich. Sie wollte dem süßen Vogel auf keinen Fall wehtun.

»Das machst du sehr gut«, beruhigte sie Herr Schuster. »Sieh doch, er hält ganz still. Es scheint ihm bei dir zu gefallen.«

Auch Miris Vogel saß brav in ihrer Hand, schaute nur mit ruckartigen Kopfbewegungen immer wie-

der nach links und rechts. Bestimmt wunderte er sich über die fremden Menschen, die ihn alle anstarrten und ihm sicher komisch vorkamen.

Herr Faltin blickte lächelnd auf die beiden Vögel. Vorsichtig strich er ihnen mit dem Finger über den Kopf. »Ihr seid ja ein nettes Pärchen«, meinte er.

Die beiden erinnerten Flora an ihren Freund Amigo, der ja auch ein Steinkauz und früher wie Goldwing sogar einmal eine Zaubereule gewesen war. Amigo war Flora neben Goldwing, der Waldohreule, immer so klein vorgekommen, aber diese Jungvögel hier waren natürlich noch viel, viel kleiner. Sie waren ja erst ein paar Wochen alt und ihr Gefieder sah noch ziemlich zerrupft aus.

Als Herr Schuster Flora ihren Steinkauz abnahm, um gemeinsam mit Sven den Metallring auf dem winzigen Bein anzubringen, pickte der mit dem Schnabel immer wieder auf Herrn Schusters Finger herum. Da schoss es Flora plötzlich durch den Kopf: »Picksi wäre doch ein guter Name«, meinte sie und schaute Miri fragend an.

Miri blickte lächelnd auf den kleinen, pickenden Kauz.

»Das stimmt«, pflichtete sie Flora bei. »Picksi klingt gut.«

Herr Schuster gab Flora ihren Vogel wieder zurück und nahm sich nun Miris vor. In Floras Hand wurde Picksi gleich wieder ruhiger. Vielleicht lag das daran, dass sie nicht an seinem Bein herummachte. Oder spürte er, dass sie eine Eulenfreundin war?

Vielleicht wurde er später sogar eine Zaubereule und fand seine Eulenfreundin, so wie Flora und Goldwing sich gefunden hatten? Flora erinnerte sich noch gut, wie verrückt das damals alles gewesen war. Wie sie sich nachts in den Schuppen des Gasthauses »Zur Goldenen Eule« geschlichen und die Bilder des alten Wirts mit all den Eulen und ihren goldenen Flügeln gefunden hatte … Und seinen Ring, mit dem Flora Goldwing dann zum ersten Mal verwandelt hatte. Auch heute noch fragte sie sich manchmal, ob das alles wirklich wahr war. Und nicht nur ein Traum, aus dem sie irgendwann erwachte.

Guuig, guuuig!, riss sie da Picksis Kreischen aus ihren Gedanken.

»Es ist Zeit, Tschüss zu sagen«, meinte Herr Schuster. »Wir müssen die beiden jetzt wieder zurücksetzen.«

Flora nickte traurig. Am liebsten hätte sie Picksi mit nach Hause genommen, aber das ging natürlich nicht. Ein letztes Mal fuhr sie vorsichtig mit dem Finger über seinen kleinen Kopf und Picksi schaute sie mit seinen leuchtend gelben Augen an, ohne ein einziges Mal zu blinzeln. Obwohl er noch so jung war, hatte Flora das Gefühl, dass er schon ganz viel wusste. Sie war sich nun fast sicher: Er spürte, dass sie eine Eulenfreundin war!

Liebevoll drückte sie den kleinen Vogel an sich und flüsterte ihm zu: »Eines Tages sehen wir uns wieder, ganz bestimmt!«

5

Aufregung im Park

Als sich Flora an diesem Abend mit Goldwing im Garten traf, musste sie ihr natürlich alles von den kleinen Steinkäuzen erzählen. Eine Frage, die ihr nicht mehr aus dem Kopf gegangen war, brannte ihr unter den Nägeln und sie wollte von ihrer kleinen Eule wissen: »Meinst du, andere Eulen können spüren, dass ich die Freundin einer Zaubereule bin?« Flora schaute Goldwing, die sie nachdenklich musterte, gespannt an.

»Hm, ich weiß nicht, das kann schon sein«, meinte Goldwing schließlich. »Ich glaube, dieses Kribbeln und diese besondere Verbindung, die fühlen nur die zwei, die zusammengehören. So wie das bei uns damals war, als wir uns das erste Mal im Wald begegnet sind. Aber dass du ein Eulenmensch bist, das können vielleicht auch andere Eulen spüren. Wer weiß?«

Flora seufzte. Es gab so vieles, was sie nicht wussten. Wenn doch nur der alte Wirt vom Gasthaus noch leben würde. Er war schließlich sein ganzes Leben lang ein Eulenfreund gewesen und hätte ihnen bestimmt manches sagen können. Vielleicht auch mehr zur Vergangenheit der Zaubereulen?

Flora spürte, wie Goldwing sie aufmerksam anschaute. »Woran denkst du?«, fragte sie.

Flora zögerte kurz. Wie sollte sie anfangen? Goldwing wunderte sich bestimmt, was ihr seit dem Besuch im Biergarten immer wieder durch den Kopf ging. Aber mit ihrer Zaubereule konnte sie doch über alles reden! Also fing sie stockend an: »Es gibt … es gibt so viel, wovon wir keine Ahnung haben. Nicht nur, ob der kleine Picksi spürt, dass ich eine Eulenfreundin bin. Ich denke noch über ganz andere Dinge nach. Zum Beispiel, wie das alles angefangen hat mit den Zaubereulen. Waren sie schon immer da, seit es Tiere auf der Erde gibt? War es am Anfang nur eine oder waren es mehrere? Vielleicht waren es zunächst auch nur ganz normale Eulen und irgendeine Macht hat ihnen dann Zauberkräfte verliehen?« Flora brach ab, die Fragen schwirrten nur so durch ihren Kopf. »Ich würde so gern mehr wissen«, fügte sie schließlich leise hinzu.

Goldwing hatte den Blick nicht von ihr gelassen und schaute sie zunächst nur stumm an. »Ich verstehe dich«, antwortete sie dann. »Auch ich würde gern

mehr wissen, denn ich bin eine Zaubereule und es ist *meine* Vergangenheit. Aber meine Eltern hatten keine Zauberkräfte und es gibt keine weise alte Zaubereule, die ich dazu fragen könnte.«

»Aber Dareia oder Aspiro vielleicht?«, schlug Flora vor. »Sie müssten uns doch mehr dazu sagen können! Wieso fliegen wir nicht nach Athenaria?«

»Wir können doch nicht einfach so dahin fliegen«, wandte Goldwing ein. »Das haben wir bisher nur getan, wenn wir einen guten Grund hatten.«

»Aber mehr erfahren zu wollen, ist auch ein Grund und wird ja nicht verboten sein«, meinte Flora. »Wir könnten es versuchen, wenn ich vom Zeltlager zurück bin!«

»Hm«, meinte Goldwing nur und schwieg. »Klar, versuchen können wir's«, fügte sie dann hinzu. In diesem Moment drangen die dumpfen Schläge der Kirchturmglocke an Floras Ohr. Sie zählte mit, es war schon ziemlich spät! Jetzt musste sie wirklich ins Bett, auch wenn sie gerne noch länger mit Goldwing geredet hätte und ihr der Abschied schwerfiel. Sie wusste, sie würde Goldwing furchtbar vermissen. Und natürlich noch viel mehr, wenn sie im Zeltlager war. Drei Tage! Das wollte sie sich jetzt noch gar nicht vorstellen.

»Ich werde morgen Abend ganz fest an dich denken«, versprach sie.

»Und ich an dich«, versicherte Goldwing und streckte den Flügel nach Floras Armband aus.

Flora lächelte und legte ihre Hand auf Goldwings schimmernde Federn. Übermorgen schon sahen sie sich wieder.

Am nächsten Morgen kamen Zoe und ihre Mutter, um Flora mitzunehmen. Als sie ihre Tasche aus dem Zimmer holte, steckte sie noch schnell ihren Eulenring ein. Mit dem Freundschaftsband hatte sie jetzt zwei Dinge, die sie mit Goldwing verbanden und sie begleiteten, aber am liebsten hätte sie Goldwing selbst mitgenommen. Ein kurzes Lächeln huschte über Floras Gesicht. Das wäre ja was, Goldwing in der Stadt! Wie es ihr wohl zwischen all den Häusern, großen Straßen und Läden gefallen würde? Bestimmt würde sie den Wald und die Wiesen vermissen. Und obwohl Flora das viele Grün nach ihrem Umzug zunächst stinklangweilig vorgekommen war, fand sie es in Tannenbach mittlerweile richtig schön.

Als sie bei Zoe angekommen waren, stellten sie nur schnell Floras Sachen ab. Dann machten sie sich auf ins *Eiscafé Venezia.* Hier waren sie früher so oft gewesen und Flora lief beim Anblick der vielen leckeren Eissorten gleich das Wasser im Mund zusammen. Schoko-Keks, Melone, Waldbeere ... Flora fiel die Entscheidung schwer, aber dann hatte sie schließlich ihre Wahl für die fünf Kugeln des Kinder-Megabechers getroffen.

Zoe war schneller bei der Bestellung, aber sie war ja auch viel häufiger hier. Schon nach kurzer Zeit brachte die Bedienung zwei große Gläser mit einer dicken Sahnehaube, in der bunte Papierschirmchen und zwei Waffeln steckten.

Flora schloss genüsslich die Augen, als sie sich den ersten Löffel in den Mund schob. Wie knusprig die kleinen Keksstückchen in dem herrlichen Schokoeis schmeckten!

»Himmlisch«, nuschelte sie mit vollem Mund.

Frau Lutz lächelte. »So sollen Ferien sein«, meinte sie zufrieden und schlürfte geräuschvoll an ihrem Eiskaffee. »Allerdings bin ich gespannt, ob ihr das wirklich alles schafft.«

Flora und Zoe grinsten sich an. »Worauf du dich verlassen kannst!«, meinte Zoe.

Während Flora glücklich ihr Eis löffelte, erzählte Zoe von Floras alter Klasse. Obwohl Flora ihre früheren Mitschüler schon länger nicht gesehen hatte, kam ihr alles in Zoes Beschreibungen noch ganz vertraut vor. Abgesehen von den neuen Selbstverteidigungskursen, die sich ziemlich spannend anhörten. Nein, so etwas gab es in Tannenbach nicht, dass alle weiße Bademäntel anzogen und irgendwelche Kommandos brüllten.

»Das klingt lustig«, meinte Flora. »Vielleicht kann ich das ja Frau Hauser auch mal vorschlagen? Wenn ich mir Nathalie dabei vorstelle, bekomme ich jetzt schon einen Lachkrampf.«

Zoe kicherte. »Ist auf jeden Fall lustiger als Matheaufgaben.«

Da klangen plötzlich aufgeregte Rufe aus der kleinen Grünanlage neben dem Café zu ihnen herüber. Flora sah, wie immer mehr Menschen zusammenströmten. Sie standen im Kreis und starrten alle in die Mitte.

»Wie furchtbar!« und »Oje, der Arme!«, hörte Flora ein paar Leute sagen.

»Komm, lass uns mal schauen, was da los ist«, sagte sie zu Zoe und die beiden sprangen auf. Gemeinsam gingen sie den schmalen Weg zwischen den bunt bepflanzten Blumenbeeten zu der Gruppe. Flora und Miri drängten nach vorn und starrten mit offenem Mund auf den Boden. Flora traute ihren Augen kaum! Dort trippelte ein kleiner Waldkauz herum und wirkte dabei ziemlich verloren!

»Oje!«, entfuhr es nun auch Flora. Der Kleine hatte sich wohl verlaufen. Er sah noch ganz jung aus, schlug immer wieder hilflos mit den Flügeln, hüpfte ein Stück vor und wich dann jedes Mal aus Angst vor den vielen Leuten wieder zurück. Hier saß er fest wie in einer Falle.

»Bestimmt ist er aus dem Nest gefallen«, meinte eine ältere Dame und schüttelte traurig den Kopf.

»Dürfen wir mal durch?«, ertönte da eine resolute Stimme von hinten. Ein Polizist und seine junge Kollegin bahnten sich einen Weg durch die Menge. Die

Polizistin ging vorsichtig auf den Vogel zu und kniete sich hin.

»Wie bist du denn hierhergekommen?«, fragte sie freundlich. Die Eule schaute sie fragend an.

»Wir haben uns schon umgesehen«, antwortete stattdessen ein junger Mann. »Aber wir konnten nirgends ein Nest entdecken. Und auch die Eltern nicht.«

Die Polizistin nickte und streckte beide Hände aus. »Dann nehmen wir dich am besten mit.«

Erschrocken hüpfte der kleine Kauz zur Seite, flatterte panisch mit ein paar unbeholfenen Flügelschlägen auf und schaffte es kaum über die Leute hinweg, die hektisch die Köpfe einzogen. Dann landete er schlingernd wieder auf dem Boden. Er versuchte davonzulaufen, doch die beiden Polizisten eilten ihm nach.

Der Kauz wich immer wieder aus und bemühte sich, seinen Verfolgern zu entkommen. Obwohl sie es sicher gut meinten, wirkte das Ganze auf Flora wie eine Jagd. Der kleine Vogel tat ihr so leid, er wirkte ganz verstört. Flora musste ihm helfen!

»Darf ich es mal versuchen?«, fragte sie die Polizistin. »Ich kenne mich aus mit Eulen.«

Die Polizistin schaute sie zweifelnd an, nickte dann aber. »Probieren kannst du's ja.«

Flora ging zu dem Kauz, der ein paar Meter weggehüpft war und hektisch atmend verharrte. Sie kniete sich hin und sprach ganz leise auf den Vogel ein. Nach einer Weile ging sie vorsichtig ein Stück näher. Sie redete immer weiter, erzählte von Goldwing, ihrer Zaubereule, und dass sie eine Eulenfreundin war. Wenn Goldwing doch nur hier wäre und den armen Kauz fragen könnte, was passiert war! Aber Flora war ganz auf sich allein gestellt.

Der Vogel lauschte aufmerksam ihren Worten, ohne den Blick von ihr zu wenden.

Da fiel Flora ihr Eulenring ein. Sie hatte ihn doch noch in die Hosentasche gesteckt! Hastig nestelte sie ihn heraus und hielt ihn dem Kauz hin. Er streckte den Kopf vor und musterte ihn aufmerksam. Wie gut, dass Flora den anderen den Rücken zudrehte und so niemand sah, was sie da tat. Für einen kurzen Moment gab es nur sie, den kleinen Kauz und ihren Ring. Der Vogel starrte ihn an und schien die Leute zu vergessen. Da wagte Flora es, streckte ganz langsam beide Hände aus, legte sie auf die Flügel des Vogels und nahm ihn hoch. Er kreischte zwar kurz auf, doch Flora drückte ihn schnell an sich. Sie spürte, wie sich eine scharfe Kralle durch ihr T-Shirt bohrte und in ihren Bauch stach, aber das war ihr egal.

Langsam drehte sie sich um und bemerkte erst jetzt, wie alle sie mit großen Augen anstarrten. Es war mucksmäuschenstill, nur das Gemurmel der Leute vom Eiscafé drang zu ihnen herüber.

»Das hast du sehr gut gemacht«, lobte die Polizistin Flora und auch ihr Kollege nickte anerkennend. Er warf einen Blick auf seine Armbanduhr.

»Für die Vogelschutzstation ist es zu spät«, stellte er fest. »Da ist jetzt niemand mehr.«

»Gibt es keine Notfallnummer?«, fragte seine Kollegin.

Der Mann schüttelte den Kopf. »Für Notfälle ist das Tierheim zuständig.«

»Aber dort hat der Kleine doch Angst zwischen lauter Hunden und Katzen«, wandte Flora besorgt ein. »Kann ich ihn nicht mitnehmen? Ich glaube, er vertraut mir.«

»Also, Flora, ich weiß nicht«, schaltete sich da Zoes Mutter ein, die mittlerweile auch dazugekommen war. »Ich kenne mich überhaupt nicht aus mit Käuzen, und wenn dann heute Nacht was ist? Wenn es ihm zum Beispiel schlecht geht, was machen wir da?«

»Also eine Nacht wird er im Tierheim schon aushalten«, meinte der Polizist. »Und dort ist er gut aufgehoben. Wir können ihn ja schlecht mit aufs Revier nehmen.«

Seine junge Kollegin schaute ihn plötzlich nachdenklich an. »Doch, das könnten wir«, sagte sie dann. »Ich hatte lange Zeit einen Papagei und habe noch seinen alten Käfig. Den würde ich holen und dann bleibt der kleine Kauz bei uns auf der Wache. Da hat er es ruhig und es ist immer jemand da, der ihn im Auge behält. Morgen früh können wir ihn dann abgeben.«

Ihr Kollege zögerte kurz, doch schließlich nickte er und Frau Lutz meinte erleichtert: »Das ist sicher die allerbeste Lösung.«

Nur Flora war da ganz anderer Meinung. Sie hätte den Vogel so gern mitgenommen! Aber die Polizistin streckte schon die Hände aus, um Flora den armen Kauz abzunehmen. Widerstrebend ließ sie ihn los und blickte ihn traurig an. Er tat ihr so leid! Bestimmt hatte er noch immer große Angst und vermisste seine Familie. Würde er sie jemals wiederfinden?

6

Der verschwundene Leo

Es dauerte lange, bis Flora in dieser Nacht einschlief. Immer wieder musste sie an den kleinen Kauz denken. Zoe und ihrer Mutter war nicht entgangen, wie bedrückt Flora war. Selbst die leckeren Pfannkuchen und der lustige Tierfilm hatten Flora kaum auf andere Gedanken gebracht.

Sie lauschte Zoes leise schnaubenden Atemzügen und warf einen Blick auf den Wecker. Schon kurz vor Mitternacht! Was Goldwing wohl gerade machte?

Wie sie ihre Zaubereule vermisste! Wenn sie sich doch jetzt nur wie sonst mit ihr treffen und ihr alles erzählen könnte. Aber Goldwing war so weit weg. Dachte sie jetzt gerade auch an sie? Und vielleicht an ihren gemeinsamen Flug nach Athenaria? Würden sie dort tatsächlich etwas zur Vergangenheit der Zaubereulen in Erfahrung bringen? Bei dieser Vorstellung wurde Flora gleich wieder ganz kribbelig und hätte sich am liebsten sofort zu Goldwing in den Wald gezaubert. Wenn sie doch nur auch magische Kräfte hätte! Da kam ihr ein Gedanke. Vielleicht konnte sie ja wenigstens mit Goldwing reden?

Sie stand vorsichtig auf, um Zoe nicht zu wecken, und holte den Eulenring aus ihrer Hosentasche. Dann legte sie sich wieder hin und fuhr mit dem Finger über die feinen Linien des Eulenkopfs. Sie schloss die Augen und flüsterte ganz leise in die Nacht: »Goldwing, kannst du mich hören?«

Vielleicht vernahm sie jetzt gleich Goldwings sanfte Stimme in ihrem Kopf? Doch es blieb still. Bis auf Zoes Atem und das leise Ticken des Weckers war nichts zu hören. Dennoch hatte Flora mit dem Ring in der Hand das Gefühl, dass Goldwing ihr näher war. Als ob sie hier neben ihr saß und Flora sie gleich verwandelte. Zögernd fing sie an, Goldwing in Gedanken alles zu erzählen. Wie verschreckt der kleine Kauz gewesen war, wie sie ihn hatte beruhigen können und dass er nun ganz allein auf der Polizeiwache war … Danach fühlte sie sich irgendwie ein bisschen besser. Auch wenn Goldwing nicht antworten konnte, wusste Flora, dass sie stolz auf sie war.

Sie schloss die Finger um den Ring, drehte sich zur Seite und schob die Hand unter den Kopf. Sie spürte das Freundschaftsband auf ihrer Wange und wusste: Goldwing war bei ihr!

Gleich am nächsten Morgen rief Frau Lutz bei der Polizeistation an. Das hatte sie Flora gestern noch versprochen, um sie zu beruhigen. Sie lauschte in den Hörer, sagte ein paar Mal »Oh, wie schön« und »Das freut mich«, dann bedankte sie sich und legte auf.

»Der kleine Kauz hat die Nacht sehr gut überstanden«, berichtete sie. »Er ist bereits bei der Vogelstation und die Leute dort haben bestätigt, dass alles in Ordnung ist. Er ist nicht verletzt, wirkt nur ein bisschen erschöpft. Jetzt wird er ein paar Tage aufgepäppelt und wenn er kräftig genug ist, darf er wieder in die Freiheit.«

»Das klingt doch super!«, freute sich Zoe und auch Flora war sehr erleichtert. »Haben die von der Vogelstation was gesagt, ob er zu seiner Familie zurückfindet?«

Frau Lutz schüttelte den Kopf. »Nein, haben sie nicht«, erwiderte sie. »Das weiß wahrscheinlich auch niemand, aber das klappt sicher.«

Flora schaute Frau Lutz etwas zweifelnd an. War das wirklich so?

Da legte Frau Lutz den Arm um Flora. »Wir haben noch eine Überraschung für dich«, verkündete sie und nahm Zoe in den anderen Arm. »Auf ins Schwimmbad!«

»Ins Schwimmbad?«, fragte Flora ungläubig. Zoe und Frau Lutz nickten. Sie lachten, als Flora vor Freude in die Luft sprang. »Juhu!«, jubelte sie.

In Tannenbach gab es kein Schwimmbad und Flora kam es wie eine halbe Ewigkeit vor, seit sie das letzte Mal auf der Wasserrutsche gewesen war.

»Aber das ist noch nicht die ganze Überraschung«, sagte Zoe und grinste Flora vielsagend an. »Den Rest erfährst du, wenn wir dort sind.«

Während der Fahrt löcherte Flora Zoe ohne Unterlass, doch die schüttelte nur den Kopf und verriet kein Sterbenswörtchen. Erst als sie bereits in Badeanzügen im Schwimmbad standen, zog sie ein Paket aus der großen Strandtasche.

»Für dich«, sagte sie und streckte es Flora hin. Es war in hübsches Papier mit lauter kleinen Eulenköpfen verpackt.

»Oh wie schön!«, freute sich Flora. »Das ist ja, als ob ich Geburtstag hätte.«

»Wir haben das zufällig entdeckt und Zoe wollte es dir unbedingt schenken«, erklärte Frau Lutz. »Uns war beiden sofort klar: Das ist *das* Geschenk für Flora!«

»Jetzt mach schon auf!«, drängte Zoe. Flora zog schnell das Band ab und wickelte den Karton aus. Mit großen Augen starrte sie auf das Foto eines lachenden Kindes auf einer aufblasbaren Eule. Zwischen den Flügeln konnte man sogar richtig sitzen!

»Ein Eulen-Schwimmtier!«, rief Flora begeistert. »So was hab ich ja noch nie gesehen! Vielen Dank!« Sie strahlte Zoe und ihre Mutter an.

»Wir wussten, dass dich das freuen würde«, meinte Frau Lutz.

»Genau das Richtige für einen Eulenfan«, fügte Zoe grinsend hinzu.

»Dann bringt der Eule jetzt mal das Schwimmen bei«, sagte Frau Lutz und steckte sich den ersten Plastikstöpsel in den Mund. Gemeinsam bliesen sie das Tier auf und dann hüpften die Mädchen damit ins Wasser. Flora strahlte, als sie wie eine Königin zwi-

1
2

schen den Flügeln saß und Zoe sie durchs Becken schob. Frau Lutz machte vom Rand unzählige Fotos mit dem Handy, von denen sie ein paar Floras Mutter schickte. Vielleicht konnte Flora sie dann auch mal Goldwing zeigen? Die würde Augen machen!

Flora und Zoe waren kaum aus dem Wasser zu kriegen, aber Frau Lutz meinte irgendwann, jetzt sei mal Zeit für eine Pause. Sie gingen zu einem kleinen Imbissstand, vor dem ein paar Leute unter blau-weiß gestreiften Sonnenschirmen saßen. Der Duft von heißem Fett schlug Flora entgegen und plötzlich spürte sie, dass sie Hunger hatte.

»Was wollt ihr haben?«, fragte Frau Lutz und betrachtete die Tafel, auf der mit Kreide ein paar Gerichte aufgeschrieben waren.

»Pommes frites«, sagten Flora und Zoe wie aus einem Mund. Sie schauten sich an und lachten. Das war wie früher. Im Schwimmbad mussten es einfach immer Pommes sein.

Als sie Platz genommen hatten und Flora sich das erste knusprige Kartoffelstäbchen in den Mund steckte, schloss sie genüsslich die Augen. Mmh, wie köstlich!

Da fiel ihr ein kleiner Junge auf, der weinend um die Stühle herumlief und sich suchend umschaute.

»Leo, Leo!«, rief er immer wieder.

»Wir finden ihn bestimmt«, versuchte ihn seine Mutter zu beruhigen. Die beiden schauten unter jeden Tisch und dabei stieß der Junge an Floras Arm. Beinahe wäre ihr das kleine Pappschälchen mit den Pommes aus der Hand gefallen.

Die Mutter entschuldigte sich. »Samuel hat sein Plüschtier hier irgendwo verloren«, erklärte sie. »Jetzt ist er ganz traurig und hat Angst, dass er es nicht wiederfindet.«

»Oje, ja, so ein Lieblingstier ist sehr wichtig«, meinte Frau Lutz mitfühlend.

»Und dieser Löwe ganz besonders«, erklärte Samuels Mutter. »Er hat ihn von seiner Oma bekommen, die leider letztes Jahr gestorben ist. Sie hat gesagt, der Löwe würde ihn immer beschützen und ihm Glück bringen, wie ein Talisman. Deswegen geht Samuel nirgendwo ohne ihn hin.«

»Ich will meinen Leo wiederhaben«, jammerte Samuel und versuchte, seine Mutter wegzuziehen.

»Wir helfen dir beim Suchen«, bot Flora an, denn der kleine Junge tat ihr leid. Zoe kam auch mit und gemeinsam schauten sich die Mädchen um. Da fiel Flora etwas hinter dem Plastikmülleimer auf, der neben der Kasse stand. Das sah doch wie eine Schwanzspitze aus. Und tatsächlich, das war der Schwanz des Plüschlöwen!

»Mein Leo!«, rief Samuel und drückte das Tier strahlend an sich, als ob er es nie wieder loslassen wollte.

»Jetzt hast du ihn wieder, was für ein Glück!«, freute sich seine Mutter und schaute voller Erleichterung auf ihren Sohn.

»Ich finde, zum Dank habt ihr euch ein Eis verdient«, wandte sie sich dann an die Mädchen. Flora und Zoe strahlten. Der perfekte Nachtisch! Sie suchten sich eins aus und verabschiedeten sich von Samuel und seiner Mutter. Nun mussten sie ihre Pommes aber ganz schnell zu Ende essen, damit das Eis nicht schmolz.

»Wie schön, dass der Löwe Samuel jetzt weiter beschützen kann«, nuschelte Zoe mit vollem Mund.

»Sicher ist es für ihn so, als ob seine Oma mit Leo immer noch ein bisschen bei ihm ist«, meinte Flora. Sie war schneller gewesen als Zoe und wickelte gerade ihr Eis aus der Verpackung. Ihr fiel das Tigerauge ein, das Oma Griech ihr geschenkt hatte. Flora holte es immer aus ihrer geheimen Schatzkiste, wenn sie Sehnsucht nach ihrer Großmutter hatte, denn sie wohnte ja so weit weg in Griechenland. Eigentlich müsste Flora ihr auch was von sich schenken, damit Oma Griech was hatte, wenn *sie* Flora mal vermisste.

Flora dachte nach und da kam ihr die kleine versteinerte Schnecke in den Sinn, die sie gestern im Bach gefunden hatte. Die könnte sie ihr doch schicken? Oma Griech interessierte sich schließlich für Steine. Na ja, eher für Edelsteine und ihre besonderen Kräfte. Deswegen trank sie nur Wasser mit solchen Steinen drin und glaubte felsenfest daran, dass das eine Wirkung hatte. Aber selbst wenn die Schnecke kein Edelstein war, war sie ja genauso etwas Kostbares. So eine uralte Versteinerung konnte doch auch irgendwelche Kräfte haben. Vielleicht wollte das Oma Griech ja mal ausprobieren?

7

Doch nicht getrennt!

Am Nachmittag fuhr Frau Lutz die Mädchen nach Tannenbach. Müde saß Flora neben Zoe auf der Rückbank. Sie hatten stundenlang im Wasser getobt, waren unzählige Male gerutscht und sogar vom Dreimeterbrett gesprungen. Und letzte Nacht hatte Flora ja auch so schlecht geschlafen. Sie gab sich wirklich alle Mühe, wach zu bleiben, doch kurz bevor sie das Ortsschild erreichten, fielen ihr dann die Augen zu. Aber gleich darauf rüttelte Zoe sie an der Schulter.

»He, Schlafmütze, wir sind da«, sagte sie.

»Da ist die Eule vielleicht doch ein bisschen zu oft übers Wasser geflogen«, meinte Frau Lutz mit einem belustigten Blick in den Rückspiegel.

»Fliegen ist eben so was Schönes«, murmelte Flora noch etwas verschlafen und dachte daran, wie Goldwings Flügel sie nach Athenaria getragen hatten. Bald würde es wieder so sein und Flora sah schon vor sich, wie Aspiro, die weise Helfer-Eule, ihnen die lange und spannende Geschichte der Zaubereulen erzählte. Was würden sie dabei wohl erfahren?

»Reiten ist garantiert noch schöner als fliegen«, erwiderte Zoe und stieg aus. »Komm, du musst jetzt deine Tasche fürs Zeltlager packen.«

Die drei gingen nach oben, und während die Mütter in der Küche quatschten, suchte Flora ihre Sachen zusammen.

Dann musste Frau Lutz wieder los.

»Ich wünsche euch ganz viel Spaß«, sagte sie zum Abschied zu den Mädchen und drückte Zoe noch mal kurz an sich. »Ich bin jetzt schon gespannt, was ihr alles erleben werdet.«

Flora und Zoe grinsten sich an. »Wir auch«, meinte Flora.

Frau Faltin ließ sich zeigen, was Flora mitnehmen wollte. Auf jeden Fall brauchte sie noch eine dicke Sweatshirtjacke. Vielleicht wurde es nachts ja kalt.

Flora verdrehte die Augen. »Mama, ich liege im Schlafsack und draußen hat es keine minus 30 Grad. Ich werde nicht erfrieren.«

Aber wenn Floras Mutter von etwas überzeugt war, ließ sie sich nicht davon abbringen. Widerstrebend stopfte Flora die Jacke in die Tasche.

»Und ein Mückenspray brauchst du auch«, fiel ihrer Mutter noch ein und sie verschwand in Richtung Bad.

Flora schüttelte den Kopf. »Wahrscheinlich bringt sie jetzt gleich noch ein Fieberthermometer und Schmerztabletten mit.«

»Ja, in drei Tagen kann sooo viel passieren«, meinte Zoe grinsend.

»Außer Pferde versorgen, reiten und Spaß haben wird da gar nix passieren«, erwiderte Flora und lachte. Sie hielt Zoe die Hand hin und die klatschte sie ab. Flora wusste schon jetzt: Diese drei Tage würden herrlich werden!

Flora war richtig froh, als ihre Mutter sie an diesem Abend endlich ins Bett schickte. Schließlich sollten sie für das Zeltlager ausgeschlafen sein. Aber für Flora war viel wichtiger, dass sie jetzt zu Goldwing konnte. Selbst wenn sie wahnsinnig müde war.

Ungeduldig wartete sie, bis Zoe eingeschlafen war und es ruhig wurde. Dann schlich sie sich in den Garten. Ihr wurde ganz warm ums Herz, als sie ihre kleine Eule in der Tanne sitzen sah. Sie lief zu ihr und drückte sie an sich.

»Ich habe dich so vermisst!«, flüsterte sie. Und obwohl Goldwing noch nicht antworten konnte, wusste

Flora, dass sie sie verstand. Sie holte den Eulenring aus ihrer Hosentasche und verwandelte sie.

»Flora, ich freue mich so, dass du da bist!«, sprudelte Goldwing sofort hervor.

»Ich mich auch«, erwiderte Flora zärtlich. Endlich, endlich hatte sie ihre Zaubereule wieder! Und dann erzählte sie ihr alles von dem kleinen Kauz. Wie unglücklich sie gewesen war und wie sehr sie sich Goldwing herbeigewünscht hatte. Wie froh sie war, dass es dem Kauz gut ging und wie sehr sie hoffte, dass er seine Eltern wiederfand.

»Du weißt, Eulen sind ganz besondere Vögel, denn sie sind mutig und klug«, erwiderte Goldwing. »Das wird dem Kleinen bei seiner Suche helfen, wenn er erst mal ein bisschen zu Kräften gekommen ist.«

Flora nickte und Goldwing musterte sie aufmerksam. »Ich hoffe, es war trotzdem schön in der Stadt?«, fragte sie.

Flora nickte. »Ja! Zoe und ihre Mutter haben sich eine tolle Überraschung für mich ausgedacht.« Sie berichtete Goldwing von der aufblasbaren Eule, was sie alles gemacht hatten und natürlich auch von Samuel.

Goldwing schüttelte ungläubig den Kopf über das Schwimmbad. »Die Menschen gehen gemeinsam schwimmen? Was es alles gibt! Aber das klingt nach

Spaß, so durchs Wasser zu hüpfen. Und dann noch mit einer Eule!«

Flora lachte. »Ja, das *macht* Spaß. Ich freue mich so, dass wir auch im Zeltlager ein bisschen planschen können. Da ist nämlich ein Wasserfall in der Nähe, mit einem richtig großen See. Er soll ganz hellgrün sein, weil da irgendwelche besonderen Pflanzen drin wachsen. Das hat zumindest Sarah gesagt.«

»Den kenne ich!«, rief Goldwing. »Über den bin ich schon mal drübergeflogen.«

»Wirklich?«, fragte Flora erstaunt. Wo ihre kleine Eule überall herumkam … Da hatte sie eine Idee. »Wenn du den See wiederfindest, dann könnten wir uns doch treffen«, schlug sie aufgeregt vor. »Der Zeltplatz muss irgendwo in der Nähe sein.

Ich könnte mich abends wegschleichen, wenn die anderen schlafen. Und dann gehe ich einfach ein Stück in den Wald hinein und singe unser Lied. So findest du mich!«

Mit diesem Lied rief Flora ihre Eule, wenn sie sie mal dringend tagsüber im Wald treffen wollte. Sie hatte es sich selbst für Goldwing ausgedacht, denn sie wollte ihr damit ein ganz besonderes Geschenk machen.

»Oh ja«, stimmte Goldwing sofort zu. »Dann können wir uns doch sehen!«

»Genau!« Flora wurde vor Freude richtig kribbelig. »Das muss einfach klappen! Ich hab dich gestern ja schon so vermisst. Drei Tage ohne dich kann ich mir gar nicht vorstellen.«

Goldwing schmiegte sich an sie. »Ich hab dich auch vermisst«, gestand sie leise. »Ich bin sogar hierhergeflogen, obwohl ich ja wusste, dass du nicht da bist. Aber irgendwie hatte ich das Gefühl, dass ich dir dann näher bin.«

Flora spürte, wie ihr vor Zuneigung ganz warm wurde. Wie süß von Goldwing! Liebevoll streichelte sie ihrer kleinen Eule, die mit leuchtenden Augen zu ihr hochblickte, über den Kopf.

»Morgen sehen wir uns«, versprach Flora mit fester

Stimme. »Und wenn ich die ganze Nacht unser Lied singe!«

»Keine Sorge«, meinte Goldwing und hörte sich ziemlich belustigt an. »Vorher werde ich dich finden.«

8

Wie im Wellness-Hotel

Am nächsten Morgen plapperten Flora, Zoe und Miri aufgeregt durcheinander, während das kleine Auto von Frau Faltin über einen ziemlich löchrigen Feldweg rumpelte. Sie waren zwischen Tannenbach und der nächsten Ortschaft in Richtung eines verlassenen Bauernhofs abgebogen. Von dort ging es noch

ein ganzes Stück durch ein Tal, auf dessen Hängen sich vereinzelte Wacholderbüsche in die Höhe reckten. Flora schaute aus dem Fenster. Links von ihnen schlängelte sich in einiger Entfernung ein Bach durch die Wiesen. Das Wasser glitzerte in der Sonne und das Moos auf den Steinen am Ufer leuchtete hellgrün. Das alles zog an Flora vorbei und sie kam sich wie im Urlaub vor, obwohl sie gerade einmal eine Viertelstunde unterwegs waren.

Der Weg endete auf einem Wanderparkplatz, auf dem bereits Sarahs alter Geländewagen und noch ein anderes Auto standen. Etwas abseits vom Parkplatz

erstreckte sich eine große Wiese, auf der ein paar bunte Zelte aufgebaut waren. Aber die beachteten die Mädchen kaum, denn direkt dahinter sahen sie die Pferde! Genüsslich grasten sie vor sich hin und das sah so schön aus wie auf einer Postkarte, fand Flora. Sarah stand mit zwei Frauen am Koppelzaun und winkte ihnen zu.

»Das müssen Tanja und Leonie sein«, meinte Miri und die drei winkten zurück. Tanja war eine alte Reiterfreundin von Sarah, die gemeinsam mit ihrer Tochter beim Zeltlager mithalf.

Frau Faltin lud mit den Mädchen Taschen und Schlafsäcke aus dem Kofferraum.

»Das ist ja fast wie im Paradies hier«, sagte sie und deutete mit einer weit ausladenden Bewegung auf die blühenden Wiesen, den Bach, die Zelte und die Pferde.

»Das ist nicht fast wie im Paradies, das *ist* das Paradies«, korrigierte Flora sie und strahlte.

»Dann genießt es in vollen Zügen«, wünschte Frau Faltin den Mädchen. Sie musste gleich weiter in den Laden und nahm Flora zum Abschied noch mal fest in den Arm.

»Pass gut auf dich auf«, flüsterte sie ihr ins Ohr. Flora verdrehte die Augen. Sie war doch nur drei Tage weg und nahm schließlich nicht an einer Expedition zum Südpol teil. Ihre Mutter war manchmal schon ein bisschen peinlich.

»Mach ich«, versprach sie schnell und schnappte sich ihre Tasche. Ihre Mutter fuhr los und Flora wollte gerade Zoe und Miri hinterher, als noch zwei Autos auf dem Parkplatz ankamen. Das eine hielt ganz vorn, möglichst nah bei den Zelten, während das andere neben Sarahs Wagen parkte. Dort stieg Lea aus. Sie rief Flora nur kurz »Hallo« zu, wandte sich dann ab und öffnete den Kofferraum. Doch Flora war nicht entgangen, dass sie ganz rote Augen hatte. Sie beschloss, auf Lea zu warten. Irgendwie sah sie traurig aus.

Aus dem anderen Auto kletterte Nathalie und warf Flora ein cooles »Hi« entgegen.

»Hi«, antwortete Flora und staunte. Nathalie hatte tatsächlich drei riesige Taschen mitgebracht! Was hatte sie denn alles eingepackt?

Da erklang Babygeschrei. Leas Mutter hatte die kleine Paula aus dem Auto geholt, der das wohl gar nicht gefiel.

»Alles gut«, versuchte Leas Mutter, Paula zu beruhigen, und schaukelte sie auf den Armen hin und her.

»Oh Mann. Immer dieses Gebrüll«, hörte Flora Nathalie maulen.

Immer!, stöhnte Flora in Gedanken. Das war ja wohl leicht übertrieben. So oft sah Nathalie Paula doch gar nicht.

Leas Vater hatte den Arm um seine Tochter gelegt und redete leise auf sie ein. Lea drehte Flora den Rücken zu, aber Flora sah, dass ihre Schultern bebten. Sie ging zu den beiden hin.

Als Lea Flora bemerkte, wischte sie sich rasch ein paar Tränen ab.

»Was ist denn?«, fragte Flora. »Freust du dich nicht aufs Zeltlager?«

»Doch, schon, aber nicht auf Nathalie«, gab Lea mit zitternder Stimme zu. »Und ausgerechnet mit der muss ich auch noch ins Zelt. Das haben wir schon vor Ewigkeiten abgemacht. Wir drei sollen die *Vampir-Girls* sein. Aber ich hab einfach keine Lust, mir dauernd ihre blöden Kommentare anzuhören.«

»Dann komm doch einfach zu uns«, schlug Flora vor. »Miri und Zoe haben bestimmt nichts dagegen. Und es ist noch ein Platz frei im Eulennest«, fügte sie mit einem Lächeln hinzu.

»Das ist ja nett!«, meinte Leas Vater und sah richtig erleichtert aus. Auch Lea strahlte.

»Wirklich?«, fragte sie.

»Ja, wirklich«, versicherte Flora. »Und Nathalies dumme Sprüche beachtest du einfach gar nicht. Ich glaube, im Grunde ist sie nur neidisch, weil sie selbst gern Geschwister hätte.«

»Neidisch?« Lea schaute Flora ungläubig an. »Nathalie könnte doch überhaupt kein anderes Kind neben sich ertragen. Sie ist es gewohnt, dass immer sie die erste Geige spielt. Solange man das mitmacht, ist ja auch alles in Ordnung und sie kann dann manchmal richtig nett sein. Aber wehe, wenn sie nicht im Mittelpunkt steht …«

»Na, damit muss sie dann jetzt eben mal fertig werden«, meinte Flora.

»Genau!«, pflichtete ihr Leas Vater bei. »Und ihr werdet hier sicher trotzdem eine tolle Zeit haben.«

Er gab Lea einen Kuss auf die Stirn und lächelte ihr aufmunternd zu. Lea lächelte etwas zaghaft zurück, dann verabschiedete sie sich von ihren Eltern und machte sich mit Flora auf den Weg. Als sie ihre Taschen vor dem Zelt abstellten, schaute Nathalie zu ihnen herüber. Sie stand an der Feuerstelle, die in der Mitte der Zelte lag, und hatte ihren Fuß auf einen der dicken Baumstämme gestellt, die als Sitzgelegenheit dienten. Lässig strich sie sich durch die langen braunen Haare und fragte bissig: »Willst du ernsthaft zu *denen*? Hast wohl Angst vor den Vampir-Girls?«

»Nee«, erwiderte Lea nur und Flora spürte, wie sie sich ihren Ärger nicht anmerken lassen wollte. »Eulennest klingt einfach gemütlicher.«

»Ja, bei uns wird es sicher *sehr* gemütlich. Und lustig!«, pflichtete Flora ihr sofort bei und schob die Hand unter Leas Arm. »Komm, lass uns mal zu den Pferden schauen. Zoe und Miri sind auch schon dort.«

Mit diesen Worten ließen sie Nathalie stehen und gingen über die Wiese davon. Auch wenn Flora sich nicht umdrehte, wusste sie, dass Nathalie ihnen wütend nachstarrte. Das gefiel ihr jetzt sicher ganz und gar nicht.

Doch als Flora mit Lea bei den Pferden ankam, hatten sie Nathalie schnell vergessen. Wie friedlich die Tiere grasten. Ab und zu schnaubten sie laut oder stießen ein kurzes helles Wiehern aus. Das hieß bestimmt: »Hier ist es wunderschön!«

Dusty trabte sogar her, als Miri ihm die Hand entgegenstreckte, und selbst Benni hob den Kopf, als Flora seinen Namen rief.

Da kamen auch Nathalie, Emilie und drei weitere Mädchen zur Koppel. Flora kannte sie nur vom Se-

hen. Sie waren schon älter, wirkten sehr nett und sagten freundlich »Hallo«.

Stundenlang hätten alle den Pferden zuschauen und dabei nebenher Sarah löchern können, was die nächsten Tage auf dem Programm stand.

»Genug geredet«, beendete Sarah schließlich die Fragestunde. »Jetzt zeige ich euch erst einmal die Umgebung, damit ihr euch ein bisschen auskennt. Kommt mit zum Bach.«

Sie ging mit der ganzen Gruppe zum Wasser und zeigte ihnen eine Stelle, wo es einen breiten Kiesstreifen am Ufer gab. Hier war das Wasser ziemlich seicht, während es am Ende des Kiesstücks schon wieder tiefer wurde.

»Dort hab ich mal zwei Kisten mit Getränken reingestellt«, sagte Sarah und deutete auf eine alte Weide, die ihre Zweige weit über den Bach streckte. »Das ist besser als jeder Kühlschrank.« Sie zeigte auf den seichteren Teil vor sich. »Hier ist es flach und die Sonne heizt das Wasser auf. Fühlt mal selbst«, forderte sie die Mädchen auf und streckte ihre Hand in den Bach. »Perfekt, um sich ein bisschen das Gesicht abzustauben«, verkündete sie lächelnd.

»Gibt es keine Dusche?«, fragte Nathalie ungläubig. »Wie soll ich mir denn da die Haare waschen?«

»Vielleicht mal gar nicht?«, schlug Sarah vor und musste über Nathalies entsetztes Gesicht lachen. Auch Flora und die anderen konnten sich ein Grinsen nicht verkneifen.

»Wir sind hier im Zeltlager und nicht im Fünf-Sterne-Hotel«, erklärte Sarah, noch immer schmunzelnd. »Aber dafür haben wir eine tolle *Naturdusche.*«

Die Mädchen schauten sie fragend an. »Na, den Wasserfall natürlich!«, klärte Sarah sie auf. »Da könnt ihr euch auch den Kopf nass machen. Und wenn ihr direkt druntersteht, dann bekommt ihr durch den Strahl von oben gleich noch eine prima Rückenmassage. Das ist Wellness pur! Viel besser als im Fünf-Sterne-Hotel.«

Die meisten lachten, nur Nathalie war das Lachen vergangen.

»Und für unser Fünf-Gänge-Menü sammeln wir jetzt erst mal Holz«, fuhr Sarah einfach fort, ohne weiter auf Nathalie zu achten.

Flora schmunzelte noch immer. Toll, wie locker Sarah auf Nathalies verwöhntes Getue reagiert hatte. Sie wünschte sich, dass sie das auch könnte. Und Lea sicherlich genauso.

Aber Nathalie konnte einem wirklich auf die Nerven gehen. Trotzdem war Flora wild entschlossen, sich das Zeltlager von ihr nicht verderben zu lassen. Schließlich waren sie die superstarke Eulengang!

9

Ein spannender Fund

Gemeinsam gingen alle in den Wald und sammelten Holz für die Feuerstelle. Flora ertappte sich immer wieder dabei, dass sie mehr Ausschau nach Steinen hielt als nach irgendwelchen trockenen Ästen. Vielleicht fand sie ja noch mal so eine Schnecke?

Als sie fürs Erste genug Brennmaterial zusammenhatten, warfen sie alles auf einen großen Haufen neben der Feuerstelle.

»Na, bekommt ihr langsam Hunger?«, fragte Sarah und blickte in die Runde. Ein paar Mädchen nickten.

»Wir grillen gleich ein paar leckere Würstchen«, versprach Sarah. »Aber vorher wollen Tanja und ich euch noch eine der schönsten Stellen hier in der Gegend zeigen. Ich hoffe, ihr seid alle schwindelfrei.«

Flora und Miri schauten sich verwundert an. Das klang ja spannend!

Sarah und Tanja führten sie über einen schmalen Trampelpfad durch den Wald, der sich in lang gezogenen Schleifen bergauf schlängelte. Sie mussten gar nicht lange gehen, bis ihnen eine breite weiße Fläche durch die Bäume entgegenschimmerte. Wenn es nicht mitten im Sommer gewesen wäre, hätte man sie für ein Schneefeld halten können. Denn wie im Eis gab es auch in dieser weit ausladenden Steinfläche hier und da glitzernde Kristalle. Staunend traten die Mädchen auf die Anhöhe, die sich direkt in den blauen Sommerhimmel zu erstrecken schien. Die gegenüberliegende Seite brach schroff zum Tal hin ab, als ob jemand mit einem Riesenbagger einfach ein Stück weggekratzt hätte.

»Geht nicht zu weit vor«, warnte Sarah, die mit Tanja ein paar Schritte vorausgegangen war und nun einfach auf dem Boden Platz nahm. Miri und Zoe setzten sich nicht weit entfernt ebenfalls hin, während Flora den Blick über die Landschaft wandern ließ, die sich weit unter ihr bis zum Horizont erstreckte. Sanfte Wiesenhügel, dunkelgrüne Waldflecken und kleine Ansammlungen von Häusern, die in der Entfernung nicht größer als Floras Fingernagel waren, wechselten sich ab.

»Ich war ewig nicht mehr da«, hörte Flora Tanja sagen. »Ich habe schon fast vergessen, wie schön es hier ist. Früher als Kind musste ich mit meinen Eltern fast jeden Sonntag wandern und meistens sind wir

hierhergekommen. Ich habe das immer gehasst, weil es von uns aus so lange bergauf ging. Aber dann hier zu sitzen, wie jetzt den Stein zu spüren, der von der Sonne so schön warm ist, und den leckeren Kuchen meiner Mutter zu essen – das fand ich dann immer toll. Die Platte hat einfach was, das muss man schon sagen.«

»Die ›Platte‹ habt ihr das genannt?«, fragte Sarah.

Tanja nickte. »Ja, der Stein sieht doch aus wie eine große Platte.«

Da hatte Tanja recht, fand Flora. Auch wenn das eine ziemlich höckrige Platte war mit vielen Unebenheiten und Vertiefungen. Man musste ganz schön aufpassen, um nicht zu stolpern! Aber so eine strahlend weiße Steinfläche in dieser Größe hatte Flora noch nie gesehen.

Sie ging ein bisschen herum und kniete sich hin, sobald sie meinte, irgendwelche Formen auf dem Boden zu erkennen. Ab und zu hob sie ein paar der herumliegenden Steine auf. Vielleicht hatte sie ja Glück? Doch Fehlanzeige!

Als sie einen besonders großen entdeckte, erinnerte sie sich, was ihr Vater gesagt hatte. Sie hob den Stein auf und ließ ihn – *plumps!* – einfach auf den Boden fallen. Konnte ja sein, dass da so eine tolle Schnecke herauskam, wie ihr Vater sie gefunden hatte. Doch von wegen! Der Stein sprang nicht entzwei, nicht mal eine Kante löste sich. Enttäuscht ging Flora weiter. Da fiel ihr noch ein Stein ins Auge. Er war allerdings nicht weiß, sondern erdfarben. Und auch nicht flach, sondern spitz zulaufend und sah irgendwie krumpelig aus. Er erinnerte Flora ein bisschen an die Mütze eines Gartenzwergs. Als ob sie jemand zufällig dort am Rand der Platte abgestellt hätte. Dichtes Gestrüpp überwucherte den Stein vom Waldrand her, nur seine Vorderseite schaute hervor. Deswegen war er Flora auch erst jetzt aufgefallen.

Sie bückte sich und versuchte, ihn hochzuheben, doch er war zu schwer. Da trat sie von der Seite einfach mit dem Fuß dagegen, aber der Stein wackelte nur ein bisschen. Sie trat noch einmal stärker dagegen und da fiel er mit einem dumpfen Laut um. Hart schlug er auf der Platte auf und zersprang tatsächlich – in zwei Teile! Flora stockte der Atem, als sie die beiden Hälften noch ein bisschen weiter auseinanderschob und erkannte, was die Zwergenmütze versteckt gehalten

hatte: Das war doch tatsächlich … eine versteinerte Eule!

Flora traute ihren Augen kaum. Sie nahm die Eule hoch und strich mit zitternden Fingern über den steinernen Kopf, den Bauch, die Flügel … In ganz feinen Riffelungen waren sogar noch die Federn zu erkennen. Eindeutig eine Eule! Flora konnte es fast nicht glauben. Das musste sie den anderen zeigen.

Alle staunten nicht schlecht über Floras Fund und schauten ihn sich ganz genau an.

»Das hab ich ja noch nie gesehen!«, meinte Sarah verwundert. »Ich kenne nur Schnecken, Käfer oder Muscheln als Versteinerung. Aber eine Eule? Das ist wirklich ungewöhnlich!«

Miri grinste. »Nicht bei Flora. Irgendwie scheint sie alles mit Eule magisch anzuziehen.«

Flora schmunzelte. Das kam ihr bekannt vor. Trotzdem fragte sie sich, was es mit der Versteinerung auf sich hatte. War die Platte womöglich ein besonderer Ort für Eulen gewesen? War dieser Fund wirklich nur ein Zufall oder hatte er was zu bedeuten? Auf jeden Fall brannte sie darauf, ihn Goldwing zu zeigen. Was sie wohl dazu sagte?

Hoffentlich klappte es, dass sie sich heute Nacht tatsächlich trafen!

Wenig später machte sich die Gruppe wieder auf den Rückweg. Miri und Zoe halfen Flora abwechselnd beim Tragen der Eule, denn sie wollten sie auch mal halten.

Als sie zurück waren, kümmerte sich Sarah mit einem Teil der Mädchen um das Feuer. Die anderen halfen Tanja und ihrer Tochter Leonie beim Versorgen der Pferde. Sie gaben ihnen zu fressen, verteilten Heu und schleppten große Kübel Wasser vom Bach herbei. Dusty wollte gar nicht mehr aufhören zu trinken. Endlich hob er den Kopf und stupste Miri mit tropfendem Maul in den Bauch.

»He, ich wollte mich eigentlich erst später waschen«, protestierte sie. Doch Dusty schaute sie aus seinen großen dunklen Augen nur fragend an und schnaubte. Da wurde Miri noch nasser und alle lachten. Anschließend halfen die Mädchen noch mit, auf einem Biertisch Getränke, Würstchen, Brot, Gemüse und Obst zu verteilen.

»Sieht doch nach einem richtig tollen Buffet aus«, meinte Tanja und schnappte sich eine Karotte. Auch die Mädchen bedienten sich und ließen es sich schmecken. Als alle satt waren, setzten sie sich ans Lagerfeuer und schauten in die Flammen, die langsam kleiner wurden. Sarah legte noch mal ein bisschen Holz nach.

Wie das knisterte! Die Funken schossen prasselnd in den dämmernden Abendhimmel, an dem schon die ersten Sterne standen. Flora fand es herrlich, mit den anderen so dazusitzen, während Tanja einige Geschichten von ihren Turnieren erzählte. Früher war sie eine ziemlich bekannte Springreiterin gewesen und dafür hatte sie alles gegeben. Sie hatte jeden Tag trainiert, in den Ferien Kurse bei den besten Lehrern gemacht und keine Prüfung ausgelassen.

»Das war damals anders als heute, wo bei manchen

schon so viel Zeit fürs Handy draufgeht«, meinte sie und warf einen kurzen Blick auf Leonie. Die schaute schnell weg und verkniff sich eine Antwort. Doch Flora sah, wie sie genervt die Augen verdrehte. Wahrscheinlich hatte sie sich das schon häufiger anhören müssen.

So langsam wurden alle müde und Sarah beschloss, es sei Zeit zum Schlafengehen. Das kam Flora gerade recht! Sie wollte sich doch unbedingt mit Goldwing treffen. Aber es dauerte noch ganz schön lange, bis es endlich still wurde in den Zelten und die letzten Taschenlampen ausgeknipst wurden. Auch Miri, Zoe und Lea waren schließlich eingeschlafen.

So leise wie möglich schlüpfte Flora aus ihrem Schlafsack und öffnete vorsichtig den Reißverschluss des Zelts. Sie streckte den Kopf heraus, doch da fuhr sie erschrocken zurück. Dort draußen standen Tanja und Leonie. So ein Mist!

Flora sah, wie Tanja leise auf Leonie einredete, die allerdings nur auf den Boden starrte. Flora konnte nicht verstehen, was Tanja sagte, aber sie wirkte richtig aufgebracht, wie sie da mit den Händen durch die Luft fuchtelte. Plötzlich stampfte Leonie wütend mit dem Fuß auf und zischte ihrer Mutter irgendwas zu. Dann machte sie auf dem Absatz kehrt und verschwand im

Zelt. Tanja schaute ihr kopfschüttelnd hinterher und sah ziemlich ratlos aus. Flora wich schnell zurück, damit sie sie nicht entdeckte. Verdutzt starrte sie vor sich hin. Das hatte ja nach einem richtigen Streit ausgesehen! Was hatten die beiden denn?

10

Nachricht aus dem Zauberreich

Flora wartete noch ein bisschen, dann schaute sie vorsichtig nach draußen. Von der Grillstelle leuchteten die Reste der Glut herüber und der Mond tauchte die Zelte in ein silbernes Licht.

Jetzt war die Luft rein! Flora schnappte sich die Versteinerung, die sie am Eingang abgelegt hatte, und schlich sich auf Zehenspitzen davon. Als sie weiter weg war, fing sie an zu rennen. Nicht dass ausgerechnet jetzt noch mal jemand herauskam und sie entdeckte. Aber sie hatte Glück, unbemerkt erreichte sie den Waldrand.

Nachdem sie die ersten Meter auf dem schmalen Trampelpfad zurückgelegt hatte, spürte sie, wie ihr Herz anfing zu rasen. Sie presste die Eule ganz fest an sich. Wenn sie sonst nachts unterwegs war, war immer Goldwing bei ihr. Mit ihrer Zaubereule hatte Flora niemals Angst, auch wenn es wie jetzt überall so komisch raschelte. Sie erschrak fast zu Tode, als plötzlich nicht weit von ihr ein Reh durch den Wald jagte. Nein, so ganz alleine war ihr gar nicht wohl zumute.

Mit zitternder Stimme fing sie an, ihr Lied zu singen, und ging zögernd weiter. Sonst kam Goldwing spätestens nach der ersten Strophe angeflogen, aber heute konnte Flora sie nirgends entdecken, sosehr sie auch zwischen den Bäumen umherspähte. Aber sie gab nicht auf. Sie wusste: Goldwing würde sie finden! Hoffentlich musste sie dafür nicht wirklich die ganze Nacht singen.

Als das Lied zu Ende war, zeigte sich Goldwing noch immer nicht. Konnte sie Flora vielleicht nicht hören? Sie spürte, wie die Angst wieder stärker wurde, und fing gleich noch mal von vorne an. Und da, endlich nahm sie eine Bewegung wahr! Mit raschen Flügelschlägen segelte ihr Goldwing entgegen und landete neben ihr auf einem umgeknickten Baum. Sie schaute Flora mit ihren orange leuchtenden Augen an und warf dann einen erstaunten Blick auf die versteinerte Eule, die Flora immer noch an sich presste. Rasch holte sie den Ring heraus, um Goldwing zu verwandeln.

»Ich bin so froh, dass du mich gefunden hast«, stieß Flora voller Erleichterung hervor.

»Ich auch«, erwiderte Goldwing und klang ein bisschen außer Atem. »Ich bin die ganze Gegend um den Wasserfall abgeflogen, weil ich gehofft habe, euren Zeltplatz zu finden, aber leider ohne Erfolg. Doch zum Glück habe ich dich irgendwann singen hören.«

»Der Zeltplatz ist gleich da unten, gar nicht weit von hier«, erwiderte Flora und deutete den schmalen Pfad zurück.

Goldwing nickte. »Gut, dann weiß ich das fürs nächste Mal.« Sie warf wieder einen Blick auf die Steineule. »Was hast du denn da?«

Flora streckte ihr ihren Fund entgegen. »Die hab ich heute entdeckt, als ich nach Versteinerungen gesucht habe. Hast du so was schon mal gesehen?«

Goldwing schüttelte den Kopf und fuhr vorsichtig mit der Spitze ihres schimmernden Flügels über den Stein.

»Eine Eule! Wo hast du die denn gefunden?«

Da erzählte ihr Flora von der Platte und der halb versteckten Zwergenmütze. »Mein Vater sagt, Versteinerungen seien ein ›Zeugnis aus der Vergangenheit‹. Meinst du, dass das früher hier ein besonderer Ort für Eulen war?« Flora stockte plötzlich und spürte, wie sie vor Aufregung ganz kribbelig wurde. »Goldwing, wir wollten doch mehr zur Vergangenheit der Zaubereulen wissen. Vielleicht lebten damals ganz viele dort auf dem Felsen und diese Versteinerung ist so was wie ein Beweis dafür. Ob es noch mehr davon gibt?«

»Schon möglich«, meinte Goldwing. »Zeig mir doch, wo das ist, dann schauen wir uns gemeinsam noch mal um.«

»Gute Idee«, stimmte Flora zu und machte sich sofort auf den Weg. Zum Glück war die Platte nicht weit weg, aber die letzten Meter waren ziemlich steil. Die Eule wurde ganz schön schwer und Flora war froh, als ihnen der weiße Stein schließlich zwischen den Bäumen entgegenschimmerte. Im Licht des Mondes kam er ihr noch heller vor. Goldwing zog ein paar Kreise und schaute aufmerksam in alle Richtungen. Dann landete sie neben Flora.

»Ich habe noch nie so eine große Steinplatte gesehen«, erklärte sie staunend. »Als ob irgendein Riese sie einfach hier zwischen die Bäume geworfen hätte.«

Flora nickte. Ja, das hier war wirklich ein besonderer Ort. »Schau mal, da drüben habe ich die Versteinerung entdeckt.« Sie deutete zu

dem Busch, unter dem die Zwergenmütze versteckt gewesen war. Gemeinsam gingen sie hin und schauten sich um. Goldwing kratzte sogar ein bisschen mit dem Schnabel neben dem Busch und anderem Gestrüpp auf dem Boden herum.

»Vielleicht ist ja hier was vergraben?«, sagte sie, als Flora sie fragend musterte. »So wie auf Federstein?«

Ach so, jetzt verstand Flora. Zwischen den Wurzeln des alten Olivenbaums, der im Burggarten wuchs, hatten sie ja das Kästchen mit dem Edelsteinpulver gefunden. Aber diesmal hatten sie kein Glück.

»Vielleicht gibt es wirklich nur diese eine Versteinerung«, meinte sie, als Goldwing schließlich aufgab. »Wahrscheinlich war es einfach ein Zufall, dass ich die Eule hier gefunden habe.«

Goldwing nickte, aber so ganz überzeugt sah sie nicht aus. Flora schaute nachdenklich in den Sternenhimmel. Sie versuchte, sich vorzustellen, wie die Versteinerung entstanden war. War sie überhaupt von hier? Der Stein hatte ja eine ganz andere Farbe als die Platte. Vielleicht hatte ihn jemand auch hierhergebracht, ohne zu wissen, was in ihm steckte? Und Goldwing und sie müssten dann eigentlich ganz woanders suchen?

Da fiel Flora plötzlich auf, dass ein paar Sterne sich bewegten. Waren das Sternschnuppen? Ihr Glitzern veränderte sich, als ob es näher kommen würde …

»Aspiro!« Flora schlug sich die Hand auf den Mund. Sie hatte vor lauter Freude den Namen der Helfer-Eule ganz laut gerufen. Aber hier konnte sie ja zum Glück niemand hören. Goldwing hüpfte aufgeregt in die Mitte der Platte und gemeinsam schauten sie dem nächtlichen Gast entgegen. Flora bekam vor Aufregung ganz feuchte Hände. Dann hatte ihr Fund doch etwas zu bedeuten und Aspiro kam nun, um ihnen mehr dazu zu verraten! Dazu – und sicher dann auch mehr zur spannenden Vergangenheit der Zaubereulen …

Mit einem letzten Flügelschlag segelte der Uhu mit dem silbernen Stern auf der Brust zu ihnen herab.

»Seid gegrüßt«, sagte er zu den beiden und klang dabei wie immer ziemlich würdevoll.

»Wie schön, dich zu sehen«, erwiderte Goldwing und berührte zaghaft mit dem Flügel Aspiros Federn.

»Du bist bestimmt wegen der Eule gekommen, oder?«, platzte Flora sofort heraus.

Aspiro warf einen verwunderten Blick auf die Versteinerung in Floras Hand. Doch zu ihrem Erstaunen schüttelte er den Kopf und blickte Flora und Goldwing ernst an.

»Ist etwas passiert?«, fragte Flora beunruhigt.

»Es gibt … seltsame Veränderungen«, fuhr Aspiro zögernd fort. »Veränderungen, die wir uns nicht erklären können und die uns Sorge bereiten.« Er stockte kurz, als ob ihm das Weitersprechen schwerfiel. »Die

Steinplatten, auf denen die vier hölzernen Eulen in unserem Zauberreich thronen, haben plötzlich gefährliche Risse bekommen. Wie von Geisterhand sind sie entstanden und nun ziehen sich immer mehr davon durch den Stein. Ein seltsames Knacken ist zu hören, als ob irgendeine verborgene Kraft an den Platten zerrt.«

»Das ist ja furchtbar!«, rief Flora erschrocken.

»Was hat das zu bedeuten?«, fragte Goldwing und Flora hörte an ihrer Stimme, wie alarmiert auch sie war.

»Wir wissen es nicht«, gestand Aspiro. »Keine unserer Herrscherinnen kann sich erinnern, so etwas jemals gesehen zu haben. Die Statuen thronen auf diesen Platten, solange wir denken können. Sie sind das Wahrzeichen der vier Herrscherinnen, die seit Urzeiten über unser Reich und alle Zaubereulen wachen. Doch wenn wir den Rissen keinen Einhalt gebieten können, wird dieses Wahrzeichen vielleicht bald ins Wanken geraten und zerstört werden.«

Aspiro schwieg und Flora spürte, wie die Angst in kalten Schauern über ihren Rücken lief.

»Heißt das ... Athenaria ist in Gefahr?« Ihre Stimme war nur noch ein Hauch.

Aspiro schaute ihr in die Augen, ohne ein Wort zu sagen. Dann nickte er.

11

Aspiros Geschichte

Flora war so schockiert über Aspiros Nachricht, dass sie zunächst keinen Ton herausbrachte. Auch Goldwing saß nur da und starrte den Uhu mit großen Augen an. Flora spürte, wie ihre Hände zitterten. Sie hatte das Gefühl, die versteinerte Eule bald nicht mehr halten zu können, und wollte sie auf den Boden stellen. Doch da bemerkte sie Aspiros Blick.

»Die hab ich heute hier gefunden«, erklärte sie. »Das kann natürlich Zufall sein, aber wir fragen uns, ob dieser Platz vielleicht einmal ein besonderer Ort für Eulen gewesen ist?«

Sie stockte. In Anbetracht der Vorgänge in Athenaria schienen ihr diese Frage und ihr Fund plötzlich gar nicht mehr wichtig zu sein. Doch Aspiro schaute ihn sich nun genauer an. Dann flog er plötzlich los und zog ein paar Kreise über der Platte und dem angrenzenden Wald. Flora hatte schon Angst, er würde davonfliegen, da kam er wieder zurück.

»Ich habe beim Herfliegen gar nicht darauf geachtet, aber jetzt, da du die Vergangenheit erwähnst …« Aspiro hielt einen Moment inne und blickte stumm vor sich hin, dann fuhr er fort.

»Dieser Ort sieht so aus, wie ich ihn von einer der alten Zaubereulen-Geschichten in Erinnerung habe. Diese weite, weiße Steinfläche, die an einer Seite abbricht. Oben der Wald, unten das Tal. Der Stein, der im Licht des Mondes strahlt und überall glitzert wie Schnee in der Sonne … An so einem Platz haben sich vor vielen, vielen Jahren Zaubereulen versammelt, als es noch ganz wenige von ihnen gab. Und auch noch keine vier Herrscherinnen, sondern nur eine einzige. Das war die *Ur-Eule,* die Vorfahrin aller Zaubereulen.

Als die Bedrohung durch böse Mächte immer größer wurde, musste sie einen Zufluchtsort schaffen, von dem aus sie über die Zaubereulen wachen konnte und wo sie in Sicherheit waren. Athenaria! Doch das dauerte lang, denn die Ur-Eule wollte ihr Zauberreich durch verschiedene Schutzzauber unangreifbar machen.

Kurz bevor sie ihr Werk vollenden konnte, tauchten plötzlich riesige Laufvögel auf. Wie eine schreckliche Plage haben sie alles kahl gefressen, Felder, Bäume, einfach alles, wovon Menschen und Tiere damals gelebt haben. Als die Bedrohung immer größer wurde und die Ur-Eule keinen Ausweg mehr sah, hat sie alle Zaubereulen, auch ihre Tochter, nach Athenaria geschickt. Sie wollte allein gegen den Anführer der Riesenvögel kämpfen und ihn mit all ihrer Zauberkraft unschädlich machen. Aber ihre Tochter wollte sie nicht im Stich lassen, sondern ihrer Mutter zur Seite stehen. Doch sie hat es ihr verboten und ihr versichert, dass sie in Athenaria immer bei ihr wäre, auch wenn sich ihre Wege jetzt trennen müssten.

Leider ist sie selbst dann nie mehr dorthin gekommen, denn sie hat ihr Leben im Kampf gegen den Anführer gelassen. Allerdings hatte sie ihn durch einen letzten Zauber so geschwächt, dass er sich nie mehr erholt hat, und eines Tages waren die Riesenvögel plötzlich verschwunden.

Obwohl der Tod der Ur-Eule ein furchtbarer Schlag war, war er gleichzeitig der größte Schatz, den sie allen Zaubereulen hinterlassen konnte. Denn durch ihr Opfer hat sie bewirkt, dass niemals eine böse Macht in Athenaria eindringen kann und so ihr Werk doch noch vollendet. Da erst hat ihre Tochter verstanden, was ihre Mutter ihr hatte sagen wollen. Indem sie ihr Reich auf diese Weise geschützt hat, hat sie den Zaubereulen für alle Ewigkeit einen unermesslichen

Dienst erwiesen. Und den Menschen und Tieren, denen die Zaubereulen nun weiter helfen konnten. Damit ist die Ur-Eule in gewisser Weise immer noch unter uns, bis zum heutigen Tag. Sie hat uns nie verlassen.«

Flora und Goldwing hatten Aspiros Worten gebannt gelauscht. Flora versuchte, sich diese riesigen Laufvögel vorzustellen. Waren das Strauße, so groß wie Dinosaurier, gewesen? Und denen hatte sich die Ur-Eule in den Weg gestellt? Wie schrecklich musste das alles für ihre Tochter gewesen sein, auch wenn ihre Mutter in Athenaria noch immer bei ihr war. Aber eben doch nicht so richtig …

Flora blickte ratlos auf die versteinerte Eule. War das einfach eine ganz gewöhnliche Eule, die zufällig hier gestorben war und dann versteinert wurde? Oder eine der Zaubereulen von früher? Oder war es … Flora wagte kaum, den Gedanken zu Ende zu denken … war es vielleicht die Ur-Eule selbst?

Auch Goldwing starrte nachdenklich auf die Eule in Floras Hand. Bestimmt gingen ihr ähnliche Gedanken durch den Kopf.

»Wann sind diese Risse eigentlich entstanden?«, wollte Goldwing schließlich wissen.

Flora, die immer noch in Gedanken bei der Ur-Eule

war, schaute sie erstaunt an. Wie kam sie denn jetzt da drauf?

»Erst heute«, erwiderte Aspiro. Goldwing blickte wieder auf die Eule und da wurde Flora mit einem Schlag der Sinn von Goldwings Frage klar.

»Meinst du, dass die Risse etwas mit der Versteinerung zu tun haben?«, fragte sie mit großen Augen. Im ersten Moment kam ihr das ziemlich abwegig vor, aber je länger sie darüber nachdachte … Es war doch höchst ungewöhnlich, überhaupt eine versteinerte Eule zu finden. Das hatte ja auch Sarah gesagt. Dazu noch hier an diesem Ort, an dem sich vor so vielen Jahren Zaubereulen versammelt hatten. Und ausgerechnet am selben Tag entstanden plötzlich diese Risse. Flora wurde immer mulmiger zumute.

»Es könnte schon sein, dass es da einen Zusammenhang gibt«, hörte sie Goldwing leise sagen.

Auch Aspiro nickte. »Das wäre möglich. Es ist jedoch nur eine Vermutung.«

Flora fühlte sich plötzlich hundeelend. Nur weil sie unbedingt eine Versteinerung hatte finden wollen, hatte sie die Eule aus ihrem Versteck gezerrt, in dem sie so viele Jahre geschützt gewesen war. Und nun waren diese Risse entstanden, die die vier Holzeulen vielleicht schon bald zerstören würden. Wurden die

Schutzzauber rund um Athenaria dadurch geschwächt und damit das Reich angreifbar?

»Aspiro, was sollen wir tun? Hast du nicht irgendeinen Rat?«, fragte Flora verzweifelt.

Doch Aspiro schüttelte den Kopf.

»Ich bin dazu da, Zaubereulen zu helfen, damit sie ihre Aufgaben vollenden können. Und Botschaften aus Athenaria zu überbringen. So wie ich das heute getan habe. Aber ich kann einer Zaubereule und ihrem Freund keine ihrer Aufgaben abnehmen. Sie müssen selbst ihren Weg finden.«

Flora war tief enttäuscht. »Hast du nicht wenigstens eine Idee?«, bohrte sie weiter.

Aspiro schaute sie lange an. »Ich weiß, dass Großes von euch verlangt wird, aber ich vertraue auf eure Klugheit und Goldwings Kräfte«, lautete dann seine Antwort. »Ihr werdet auch diese Herausforderung meistern. Seid dessen immer gewiss!«

Mit diesen Worten schwang er sich in die Luft. »Ich muss nun schnell zurück, falls meine Dienste in Athenaria benötigt werden. Aber ich werde zurückkehren, wenn es von dort eine neue Botschaft für euch gibt. Viel Glück!«

Er drehte ab und flog mit mächtigen Flügelschlägen in Richtung Sternenhimmel davon. Höher und immer höher, bis er nicht mehr zu sehen war. Bedrückt schauten Flora und Goldwing ihm nach. Dort standen sie nun, mit nichts als der versteinerten Eule in der Hand. Was sollten sie nur tun?

12

Leonies Traum

Eine Weile brachten Flora und Goldwing kein Wort heraus. Flora wusste, dass auch bei Goldwing die Gedanken wie ein wild gewordener Bienenschwarm durch den Kopf surrten. Ihre Federohren zuckten in alle Richtungen und wollten sich gar nicht mehr beruhigen.

»Ihr werdet auch diese Herausforderung meistern«, wiederholte Goldwing schließlich leise Aspiros Worte.

Sie hüpfte ein bisschen näher und streckte Flora ihren schimmernden Flügel hin. Aus ihren orange leuchtenden Augen schaute sie zu ihr hoch und in ihrem Blick lag so viel Zuneigung, dass Flora ganz warm wurde. Lächelnd strich sie über Goldwings Zauberfedern.

»Ja, das *müssen* wir«, sagte sie und seufzte tief. »Ach Goldwing, wenn wirklich ich an allem schuld bin … Das wäre schrecklich! Jetzt wissen wir zwar mehr von früher, von der Ur-Eule und wie Athenaria entstanden ist. Aber um welchen Preis? Warum habe ich den Stein nicht einfach in Ruhe gelassen?«

»Flora, wir wissen doch gar nicht, ob das eine mit dem anderen was zu tun hat«, versuchte Goldwing, sie zu trösten. »Wir sollten über Aspiros Geschichte jetzt erst einmal in Ruhe nachdenken. Und morgen Nacht treffen wir uns wieder, dann haben wir vielleicht eine Idee.«

Flora nickte nur. Das hoffte sie sehr, denn sie spürte ganz deutlich: Die Zeit drängte!

Am nächsten Morgen fühlte sich Flora wie gerädert. Sie hatte so schlecht geschlafen. Dauernd waren die vier hölzernen Eulen durch ihren Kopf gegeistert, die auf ihren immer brüchiger werdenden Platten gefährlich ins Wanken gerieten. Jedes Mal war Flora mit klopfendem Herzen aufgewacht und es hatte ewig gedauert, bis sie wieder eingeschlafen war. Ausgerechnet heute stand auch noch der Ausritt zum Wasserfall auf dem Programm. Flora fragte sich, ob sie überhaupt durchhalten würde.

Aber als sie dann auf Benni durch den schattigen Wald ritt, fühlte sie sich schlagartig besser. Sie genoss seinen wiegenden Gang und den Duft seines Fells. Ab und zu schnaubte er und hielt die Ohren aufmerksam gespitzt. Der Ausritt schien ihm zu gefallen und auch Flora hatte sich ja so darauf gefreut. Und nun hatte ihnen Aspiro letzte Nacht diese Nachricht überbracht.

Noch immer fragte sie sich, was das alles zu bedeuten hatte. Wenn die Eulenstatuen zerbrachen, würden dann Dareia und die anderen Herrscherinnen ihre Kräfte verlieren? Und was für Folgen hatte das für die Zaubereulen? Konnten sie Menschen und Tieren

überhaupt noch helfen, wie es ihre Aufgabe war? So in Gedanken versunken ritt Flora vor sich hin, bis Miri sich zu ihr umdrehte.

»Von dir hört man heute ja gar nichts. Alles okay?«, erkundigte sie sich.

»Ja, klar, alles bestens«, beeilte sich Flora zu sagen. »Ich genieße eben still«, schob sie noch mit einem Lächeln hinterher.

»Du und still?«, fragte Miri schmunzelnd. »Ist mir ja ganz neu.«

In diesem Moment drang ein fernes Rauschen an Floras Ohr, das mit jedem Schritt lauter wurde.

»Ich glaube, wir sind gleich da!«, rief Zoe aufgeregt, die hinter Flora ritt. Sie bogen gerade um eine Kurve und da sahen sie in einiger Entfernung den Wasserfall. An schroffen, mit Moos bewachsenen Felswänden stürzte er tosend viele Meter in die Tiefe und ergoss sich dort in einen breiten See.

»Die Farbe ist ja der Hammer!«, stellte Miri voller Staunen fest. Der See war in der Tat unglaublich grün, wie Sarah gesagt hatte.

»Das müssen wirklich besondere Pflanzen sein«, meinte auch Flora. Unruhe kam nun auf und alle konnten es fast nicht mehr erwarten, bis sie endlich da waren. Kaum hatten sie das Ufer erreicht, sprangen sie aus dem Sattel. Zuerst durften die Pferde trinken. Dann banden die Mädchen sie an und schlüpften schnell aus ihren Reitklamotten. Sie hatten die Schwimmsachen heute Morgen schon darunter angezogen und so dauerte es nicht lang, bis die ersten ins Wasser wateten.

Erschrockene Rufe wurden laut. Puh, das war ganz schön kalt!

Leonie stand etwas abseits am Ufer und machte sich nur die Arme nass. Sie wollte wohl gar nicht baden. Flora sah, wie Tanja zu ihr ging und etwas sagte. Doch Leonie schaute sie nicht an und redete kaum ein Wort. Bei dem Gekreische der anderen Mädchen konnte Flora nicht verstehen, worum es ging. Aber genau in dem Moment, als es plötzlich mal kurz still war, rief Leonie aufgebracht: »Weil ich nicht immer das mache, was du gerne hättest!«

Flora, Miri und Zoe blickten sich verwundert an und auch Sarah schaute kurz zu den beiden rüber. Leonie beugte sich wieder übers Wasser und drehte ihrer Mutter einfach den Rücken zu. Kopfschüttelnd stand sie neben ihrer Tochter, dann ging sie wieder zurück zu den anderen.

»Wollen wir mal um den See rum und uns hinter den Wasserfall stellen?«, schlug Zoe vor.

»Au ja!«, rief Miri sofort und die beiden rannten los. Auch Flora wollte mit, blieb aber auf dem Weg kurz bei Leonie stehen. Sie saß auf einem Felsen am Ufer und starrte vor sich hin.

»Ich will auch nicht immer das machen, was meine Mutter gerne hätte«, meinte Flora leise. Das hatte sie Leonie unbedingt sagen wollen, denn sie konnte sie gut verstehen.

Leonie rang sich ein Lächeln ab. »Ja, Mütter können manchmal ganz schön nerven. Aber ich nehme nicht an, dass deine auch will, dass du Profireiterin wirst.«

Flora schaute sie erstaunt an. Darum ging es also! Sie schüttelte den Kopf. »Nein, mit Pferden hat meine Mutter überhaupt nichts am Hut. Im Gegenteil, sie hält sich meistens fern vom Stall, und wenn ich heimkomme, sagt sie, ich stinke.«

Leonie schmunzelte. »Kann sicher auch nerven«, meinte sie. »Aber wie du gestern Abend gehört hast, war meine Mutter früher mal ziemlich gut und auch heute noch ist sie einfach glücklich, wenn sie im Sattel sitzt. Sie meint, ich hätte ihr Talent geerbt. Deswegen möchte sie, dass ich in den Ferien an einem Reitkurs bei einem bekannten Profi teilnehme. Doch für mich gibt es eben nicht nur das Reiten. Ich möchte lieber einen Ferienjob machen und Geld verdienen. Damit ich nächstes Jahr nach dem Schulabschluss auf Weltreise gehen kann. Gemeinsam mit meiner besten Freundin, das ist unser großer Traum.«

Hui, Flora staunte. Eine *Weltreise!* Da gehörte ja echt Mut dazu. »Das klingt toll!«, sagte sie.

»Denkst du! Meine Mutter hält das für absoluten Blödsinn«, meinte Leonie jedoch. »Sie sagt, sie hätte in meinem Alter jeden Tag trainiert und auch keine Reisen unternommen. Aber nur weil *sie* sich ihren Traum, nämlich Profireiterin zu werden, nicht erfüllen konnte, muss *ich* das ja nicht für sie tun!«

Da hatte Leonie absolut recht, fand Flora. »Deine Mutter kann dich doch nicht zwingen. Bestimmt überlegt sie es sich noch mal!«

»Ich weiß nicht«, erwiderte Leonie und seufzte. »Wenn, dann müsste sie das bald tun. Der Vater meiner Freundin hat uns nämlich bei sich in der Firma einen Ferienjob organisiert, aber der geht nächste Woche schon los. Und dazu brauche ich die Unterschrift meiner Mutter. Wenn ich den Job nicht machen darf, dann sind die Ferien für mich gelaufen, so viel steht fest. Und den Reitkurs mache ich deswegen trotzdem nicht.«

»He, Flora, wo bleibst du?«, erklang es da hinter dem Wasserfall. Vier Hände streckten sich durch die prasselnde Wand und winkten.

Flora hätte Leonie so gern ein bisschen aufgemuntert, aber sie wusste nicht wie. »Ich drücke dir die Daumen, dass das mit dem Job doch noch klappt«, sagte sie schließlich. Mehr fiel ihr einfach nicht ein.

Leonie lächelte kurz und nickte. »Danke! Vielleicht hilft das ja.«

Flora fand Leonie echt nett und sie hätte ihr wirklich gern geholfen. Ob sie mal mit Sarah reden sollte? Sie war schließlich eine gute Freundin von Tanja und könnte ihr doch klarmachen, dass sie Leonie nicht zu etwas machen konnte, was sie selbst gar nicht sein wollte.

»Flooora!«, rief es da wieder.

Flora lief zu ihren beiden Freundinnen und tastete sich vorsichtig den Weg zum Wasserfall vor, um auf den glitschigen Steinen nicht auszurutschen.

Als sie bei den beiden angekommen war, stellten sie sich gemeinsam unter das prasselnde Wasser und ließen es sich auf die Schultern klatschen. Was für eine Wucht es hatte! Das war wirklich wie eine Massage und fühlte sich herrlich an.

»Eine richtige Wellness-Dusche!«, rief Flora Sarah lachend zu, als sie sah, dass sie zu ihnen herüberschaute.

»Sag ich doch!«, rief sie grinsend zurück. »Reiterferien wie im Luxushotel!«

13

Ein Zeichen in der Nacht

Flora fühlte sich ziemlich erschöpft, als sie schließlich zurückkehrten. Auch die anderen waren müde und heute wurde es früher ruhig in den Zelten. Flora war das nur recht, denn sie wollte so schnell wie möglich mit Goldwing zur Platte. Hoffentlich war ihr was eingefallen, denn Floras Gedanken hatten sich die ganze Zeit nur im Kreis gedreht. Immerzu hatte sie überlegt, ob sie nicht einfach die beiden Steinhälften zusammenlegen sollten und Goldwing es mit ihren Zauberkräften dann irgendwie schaffte, dass sie sich schlossen, und alles war wieder gut. Vielleicht funktionierte das ja?

Diesmal wartete Goldwing schon am Waldrand auf sie und Flora musste sie nicht erst mit ihrem Lied rufen. Sie verwandelte sie schnell und erzählte ihr von ihrer Idee.

Goldwing schaute sie etwas zweifelnd an und meinte dann: »Ich weiß nicht, ob das wirklich so einfach ist.«

»Hast du einen besseren Vorschlag?«, fragte sie und blickte ihre kleine Eule hoffnungsvoll an. Doch Goldwing schüttelte den Kopf.

»Leider nicht«, gestand sie, »obwohl ich mir den ganzen Tag das Gehirn zermartert habe. Komm, lass es uns einfach versuchen.«

Gemeinsam gingen sie zur Platte und Flora zog den anderen Teil der Zwergenmütze hervor, der dort immer noch unter dem Busch lag. Vorsichtig drückte sie beide Teile wieder aufeinander. Dann hielt Goldwing ihre Flügel über den Riss, der die Hälften trennte. Sie schloss die Augen, um sich zu konzentrieren, und Flora wusste: Sie versuchte nun, all ihre Zauberkraft darauf zu richten, dass der Stein sich schloss und die Eule wieder in ihr schützendes Versteck aufnahm. Mit klopfendem Herzen wartete Flora und betrachtete ge-

spannt die scharfkantige Linie, die die Zwergenmütze teilte. Doch nichts tat sich!

Schließlich ließ Goldwing enttäuscht die Flügel sinken. »Wäre wohl wirklich zu einfach gewesen«, meinte sie leise.

Flora nickte traurig. Wie schade! Und was sollten sie jetzt tun? Nachdenklich ging sie auf der Platte herum. Sie schaute sich die große weiße Steinfläche ganz genau an. Jede Kante, jede Unebenheit, jede Farbveränderung … Vielleicht war ja irgendetwas hier drunter verborgen? Doch ihr fiel nichts auf. Auch die Ausläufer des Steins, die sich wie Wurzeln in den Wald zogen, musterte sie aufmerksam. Irgendwie erinnerten sie die an was. Doch woran nur? An ein Bild, das sie einmal gesehen hatte? Vielleicht in der Kiste des Großvaters vom Wirt »Zur Goldenen Eule«? Doch sie bekam es nicht vor Augen. Obwohl sie noch nie hier gewesen war, kam ihr der Ort irgendwie bekannt vor. Aber auch in Tannenbach gab es nichts, wo es so ausgesehen hätte. Es musste irgendwo anders gewesen sein. Vielleicht in Athenaria? Und da fiel ihr mit einem Schlag Aspiros Beschreibung des Sonnenbergs ein. Hatte er damals nicht auch von weißen Steinadern gesprochen, die sich wie Strahlen in den Wald zogen?

»Erinnerst du dich noch, was Aspiro zum Sonnenberg gesagt hat?«, fragte sie Goldwing aufgeregt. »Du weißt schon, als er uns erklärt hat, wie wir die Sternquelle finden.«

Goldwing schaute sie verwundert an. Die Quelle hatten sie und Flora vor einiger Zeit gerettet, als sie zugefroren war und die Helfer-Eulen damit ihre Kraft nicht mehr hatten erneuern können. Aber was hatte das denn mit dem Problem hier zu tun?

»Du hast dir doch Aspiros Worte ganz genau gemerkt, damit wir die Quelle auch finden«, drängte Flora. »Was hat er noch mal gesagt?«

»Dass der Sonnenberg eine kreisrunde Scheibe ist, von der aus sich weiße Ausläufer erstrecken«, erwiderte Goldwing. »›Wenn ihr genau über ihm seid, zeigt deine linke Flügelspitze zu einer kleinen Lichtung. Dort findet ihr die Quelle zwischen zwei alten Eichen.‹ So hat er das gesagt, ich hab's noch ganz deutlich im Ohr.«

»Eine Scheibe, weiße Ausläufer … Goldwing, das hört sich doch exakt so an, wie es hier aussieht!«, rief Flora aufgeregt.

Jetzt erst schien Goldwing zu begreifen und ihre Augen schimmerten einen Moment hell auf.

»Das stimmt!«, pflichtete sie Flora bei. »Ein Berg, eine runde Fläche, der weiße Stein …« Plötzlich klang auch Goldwing ziemlich aufgeregt. Sie flog hoch und verharrte flügelschlagend in der Luft.

»Gar nicht weit von hier ist tatsächlich eine Lichtung mit zwei großen Eichen!«, rief sie Flora von dort oben zu. »Genau wie Aspiro gesagt hat, nur, dass wir nicht in Athenaria sind.«

»Dann führ mich hin!«, rief Flora zurück und konnte es kaum erwarten, dass Goldwing wieder zu ihr kam.

Sie folgte ihr durch den Wald, bis sie bei den beiden Bäumen angelangt waren. Aber hier gab es keine Quelle, nicht den kleinsten Hinweis auf Wasser, bloß staubtrockenen Boden zwischen den Wurzeln, die sich zwischen den zwei Eichen nacheinander ausstreckten.

Nur an einem Punkt berührten sie sich und machten dabei einen Knick.

»Sieh mal, das könnte doch auch die Zacke eines Sterns sein«, meinte Flora und deutete auf die Stelle. »Vielleicht hat das was mit der Sternquelle zu tun.«

Goldwing nickte und scharrte mit dem Schnabel ein bisschen darin herum. Da fiel der trockene, harte Boden plötzlich wie bröseliger Sand in sich zusammen. Goldwing scharrte weiter, bis fast ihr ganzes Gesicht darin verschwand.

Plötzlich zog sie den Kopf ruckartig zurück und nieste. Und nieste. Und nieste. Ihr Körper schüttelte sich dabei bis in die letzte Federspitze und die feinen Erdkörnchen, die ihr überall im Gefieder hingen, flogen in alle Richtungen.

Flora musste sich ein Lächeln verkneifen. Ihre arme kleine Zaubereule! Flora wusste, als junger Vogel hatte Goldwing oft solche Niesattacken gehabt, wenn sie sehr aufgeregt gewesen war. So wie bei Flora in diesen Momenten manchmal dieser komische rote Fleck auf ihrer Stirn erschien. Aber diesmal hatte Goldwing wohl einfach zu viel Erde abgekriegt.

»Lass mich mal«, sagte Flora und Goldwing hüpfte zur Seite.

Flora wühlte im Boden herum, bis fast ihr halber Unterarm in der Erde verschwand. Das war ja richtig tief! Ihr wurde immer mulmiger zumute. Hoffentlich stieß sie jetzt nicht auf irgendwelche ekligen Käfer oder Würmer. Aber als sie tatsächlich etwas ertastete, war es kein weicher Wurm, sondern etwas Hartes, das sich wie ein Stein anfühlte.

Flora schloss ihre Finger darum und zog ihren Arm heraus. Dann öffnete sie vorsichtig die Hand und blickte mit klopfendem Herzen auf ihren Fund. Sie schnappte nach Luft, als sie sah, was dort lag: Ein

Herz aus Stein! Es war genauso weiß wie der Stein auf der Platte.

»Das kann kein Zufall sein«, hauchte Flora wie vom Donner gerührt.

»Nein, ganz sicher liegt hier nicht rein zufällig ein Herz vergraben«, meinte auch Goldwing.

»Glaubst du, es ist von der Ur-Eule?«, fragte Flora ehrfürchtig. »Als ein Zeichen der Liebe zu ihrem Kind?«

»Und vielleicht auch zu allen Zaubereulen«, fügte Goldwing leise hinzu. Für einen kurzen Moment betrachteten sie ehrfürchtig den Stein.

»Hast du eine Ahnung, was wir jetzt damit anfangen sollen?«, fragte Flora.

Goldwing dachte nach. »Ich glaube, wenn das Herz wirklich von der Ur-Eule ist, dann müssen wir es zu ihr zurückbringen«, sagte sie schließlich. »Es gehört doch irgendwie zu ihr.«

Flora zögerte. »Meinst du, das dürfen wir? Hoffentlich machen wir damit nicht schon wieder was falsch. Nicht dass in Athenaria alles noch schlimmer wird!«

»Nein, ganz sicher nicht«, erwiderte Goldwing voller Überzeugung. »Ich spüre ganz genau, dass dieses Herz zu der Eule muss. Komm, lass uns keine Zeit verlieren.«

Sie gingen zurück zur Platte und legten das Herz auf die Versteinerung, direkt auf die Brust der Eule. Flora hatte gehofft, dass sofort in diesem Moment etwas passieren würde. Doch es tat sich nichts, absolut nichts! Auch nicht, als sie eine Weile gewartet hatten.

Flora war enttäuscht. Hatte Goldwings Gespür sie dieses Mal getrogen? Sie wollte das Herz schon wegnehmen, um es sich noch mal genauer anzuschauen, aber Goldwing hob den Flügel.

»Warte noch!«, bat sie. »Ich fühle mich irgendwie komisch, so unruhig. Ich kann es nicht erklären, aber nach so vielen Hundert Jahren ... vielleicht braucht es einfach ein bisschen mehr Zeit.«

Also nahm Flora ihre Hand wieder weg und starrte gemeinsam mit Goldwing auf die Eule mit dem Herz.

Und da ... was war das? Hatten Floras Augen ihr einen Streich gespielt?

Sie schnappte nach Luft. Nein, sie täuschte sich nicht, aus dem Herz war tatsächlich ein Funke herausgeschossen und in die Luft gestiegen! Nun kam schon gleich der zweite. Wie ein Glühwürmchen schwirrte er davon. Und dann gleich das nächste hinterher ... und noch eines. Immer schneller schossen die Funken nach oben, immer mehr wurden es! Und dort sammelten sich die Glühwürmchen plötzlich wie ein Schwarm Vögel und nahmen Gestalt an. Zunächst war es nur eine verschwommene Form, aber dann wurde sie immer klarer.

Flora stockte der Atem, als sie erkannte, was das für eine Form war. Die einer Eule! Einer Eule aus purem

Licht, mit großen Augen und ausgebreiteten Flügeln! Zitternd und vibrierend leuchtete sie vor dem schwarzen Himmel der Nacht.

14

Ein Herz aus Gold

Mit offenem Mund starrte Flora in die Luft. Auch Goldwing öffnete den Schnabel, als ob sie etwas sagen wollte, doch kein Ton drang daraus hervor. Irgendwie kam es Flora so vor, als ob die Ur-Eule mit diesem Zeichen zu ihnen sprechen wollte. Als ob diese Funkengestalt am Himmel ein Ruf aus der Vergangenheit wäre. Doch was wollte er ihnen sagen?

Kehrte damit die alte Macht an diesen magischen Ort zurück? Hatte die Ur-Eule deswegen das Herz versteckt, damit man für den Fall, dass die Versteinerung kaputtging, dafür sorgen konnte, dass alles wieder in Ordnung kam? Und war dann auch wieder alles gut in Athenaria?

»Vielleicht müssen wir jetzt noch mal versuchen, den Stein zu schließen?«, flüsterte Flora Goldwing zu. Sie spürte die knisternde Magie, die die leuchtende Eule über dem Ort verströmte, und wagte kaum zu sprechen.

Goldwing nickte nur. Also legte Flora die beiden

Hälften der Versteinerung aufeinander und Goldwing hielt ihre Flügel darauf. Gespannt warteten sie. Doch es tat sich wieder nichts! Die Enttäuschung legte sich wie ein tonnenschweres Gewicht auf Floras Brust. Was machten sie denn falsch? Über ihnen schwebte diese Glitzer-Eule in der Luft. Das war doch ein sicheres Zeichen, dass sie auf dem richtigen Weg waren. Wieso funktionierte es dann nicht?

Da spitzte Goldwing plötzlich die Ohren und schaute nach oben. Und da sah auch Flora, was Goldwing schon vor ihr gehört hatte. Von überall kamen plötzlich Eulen angeflogen! Große Uhus, Waldohreulen wie Goldwing, kleine Steinkäuze wie ihr Freund Amigo und ganz viele Waldkäuze wie Emils Freund Hibu. Flora traute ihren Augen kaum! Wo kamen die denn alle her?

Einer nach dem anderen landete auf der Platte und schaute sich verdutzt um. Flora konnte nicht sagen, ob sie sich mehr über die leuchtende Eule wunderte oder darüber, alle diese Eulen hier zu sehen. Sie kam auf jeden Fall aus dem Staunen nicht heraus.

Schließlich wurden es immer weniger Eulen und Flora glaubte schon, dass nun alle da waren. Doch da trudelte noch eine letzte mit hektischen Flügelschlägen ein und die anderen rückten ein bisschen zur Sei-

te, damit sie einen Platz fand. Klein und groß standen sie nebeneinander. Mit ruckartigen Kopfbewegungen schauten sie immer wieder nach links und rechts, als könnten sie selbst kaum glauben, dass all die anderen auch hier waren.

Die leuchtende Eule verlieh dem Licht des Mondes einen goldenen Schein, der sich wie ein schimmerndes Tuch über die Platte legte. Flora konnte sich nicht sattsehen an diesem Bild. Noch nie hatte sie so viele Eulen auf einmal gesehen und noch nie eine solche Erscheinung am Himmel. Sie spürte ganz deutlich, dass hier etwas wirklich Großes und Besonderes vor sich ging. Und sie durfte ein Teil davon sein! Ihr Atem ging schnell und jeder Zentimeter Haut ihres Körpers juckte vor Aufregung. Sie wusste, dass alle diese Eulen Zaubereulen waren, auch ohne dass ihre Flügel glitzerten.

Und dann verschwand die leuchtende Eule plötzlich mit einem Schlag. Als ob jemand das Licht ausgeknipst hätte. Flora schnappte nach Luft. War nun alles vorbei? Hatten sie den entscheidenden Moment verpasst? Was hätten sie tun sollen?

Goldwing, die mit Flora immer noch am Rand der Platte stand, deutete mit dem Kopf zu den anderen Eulen und hüpfte los. Flora folgte ihr zögernd und hielt sich ein bisschen im Hintergrund. Sie war der einzige Mensch hier und hatte irgendwie das Gefühl, dass die Zaubereulen vielleicht lieber unter sich sein wollten.

Goldwing stieß ein paar Huh-Rufe aus und die anderen Eulen antworteten. Das hohe, etwas kreischende »Guuuig« der Steinkäuze schallte über die Platte ebenso wie das tiefe »Huuuh« der Uhus.

Flora hätte so gern verstanden, was sie sagten, aber das ging ja nur, wenn sie verwandelt waren. Doch zum Glück konnte Goldwing in ihrer magischen Gestalt mit allen Tieren reden, und als die Rufe verstummten, erklärte sie Flora: »Die Zaubereulen haben die leuchtende Eule weit über alle Wälder gesehen. Und ohne dass ihnen jemals jemand von diesem Zeichen erzählt hatte, wussten sie, dass sie ihm folgen mussten. Wie eine geheimnisvolle Kraft hat es sie angezogen. Sie haben gespürt, dass das etwas zu bedeuten hat. Dass sie gebraucht werden.«

Sie wandte sich nun wieder an die Eulen und eine ziemlich lange Zeit waren nur Goldwings »Huuuhs« zu hören. Lange und kurze Rufe reihten sich aneinander. Goldwing sprach fast ohne Pause und die Zaubereulen lauschten aufmerksam. Mit einem Mal starrten alle auf die Steineule und das Herz in Floras Hand.

»Zeig ihnen das doch«, bat Goldwing. Flora trat ein paar Schritte vor und hielt den Zaubereulen hin, was sie gefunden hatten. Ein paar hüpften näher, um sich alles ganz genau anzuschauen. Einige streckten sogar den Flügel aus und berührten ehrfürchtig die kostbaren Stücke. Die ersten Rufe erklangen, es wurden immer mehr.

»Sie wollen alle helfen«, sagte Goldwing zu Flora. »Aber was genau sollen wir tun?«

»Vielleicht müsst ihr eure Flügel auf das Herz halten«, überlegte Flora. »Die Ur-Eule hat es euch schließlich hinterlassen. Es steht für *ihr* Herz, das ja immer für alle Zaubereulen geschlagen hat. Das hast du selbst so gesagt! Also müsst ihr es vielleicht jetzt berühren?«

»Aber für so ein kleines Herz sind es viel zu viele Eulen«, wandte Goldwing ein. Ratlos blickte sie zwischen dem Herz und den Eulen hin und her.

Da hüpfte ein kleiner Waldkauz vor. War das Hibu? So wie er Flora anschaute, war ihr sofort klar: Das musste Emils kleiner Zauberkauz sein! Seine Rufe klangen aufgeregt, und als er geendet hatte, blickte er Goldwing und Flora erwartungsvoll an.

»Hibu hat erzählt, wie wir damals bei der Sternwarte die Flügel aneinandergehalten haben, um gemeinsam stärker zu sein«, erklärte Goldwing. »Er meint, das könnten wir doch jetzt auch probieren. Alle Zaubereulen zusammen!«

Floras Augen leuchteten. Der kleine Hibu!

»Das klingt nach einer super Idee«, sagte sie begeistert. Goldwing rief den Eulen etwas zu und sie bildeten einen Kreis, in dessen Mitte Flora das Herz legte. Sie streckten die Flügel nacheinander aus, bis sich ihre Federspitzen berührten. Das dauerte ein bisschen, denn die Eulen waren ja ganz unterschiedlich groß. Manche tauschten noch die Plätze, aber schließlich standen alle richtig. Genau in dem Moment, als die letzten Flügel sich berührten, fingen die ersten Federn an zu schimmern. Zuerst war es nur ein vereinzeltes Aufblitzen und Flora glaubte fast, dass ihre Augen sie getäuscht hätten. Aber dann fingen die ersten Flügel an, wirklich richtig zu leuchten, bis bald alle in Gold erstrahlten!

Verwundert blickten die Eulen nach links und rechts. Bestimmt war es für sie das erste Mal, dass sie sich ohne ihren Eulenfreund verwandelten. Auch Flora staunte mit klopfendem Herzen. Sie hatte gar nicht gewusst, dass das möglich war!

Das Leuchten der Flügel wurde immer stärker, breitete sich aus, verschmolz ineinander, bis es wie ein ein-

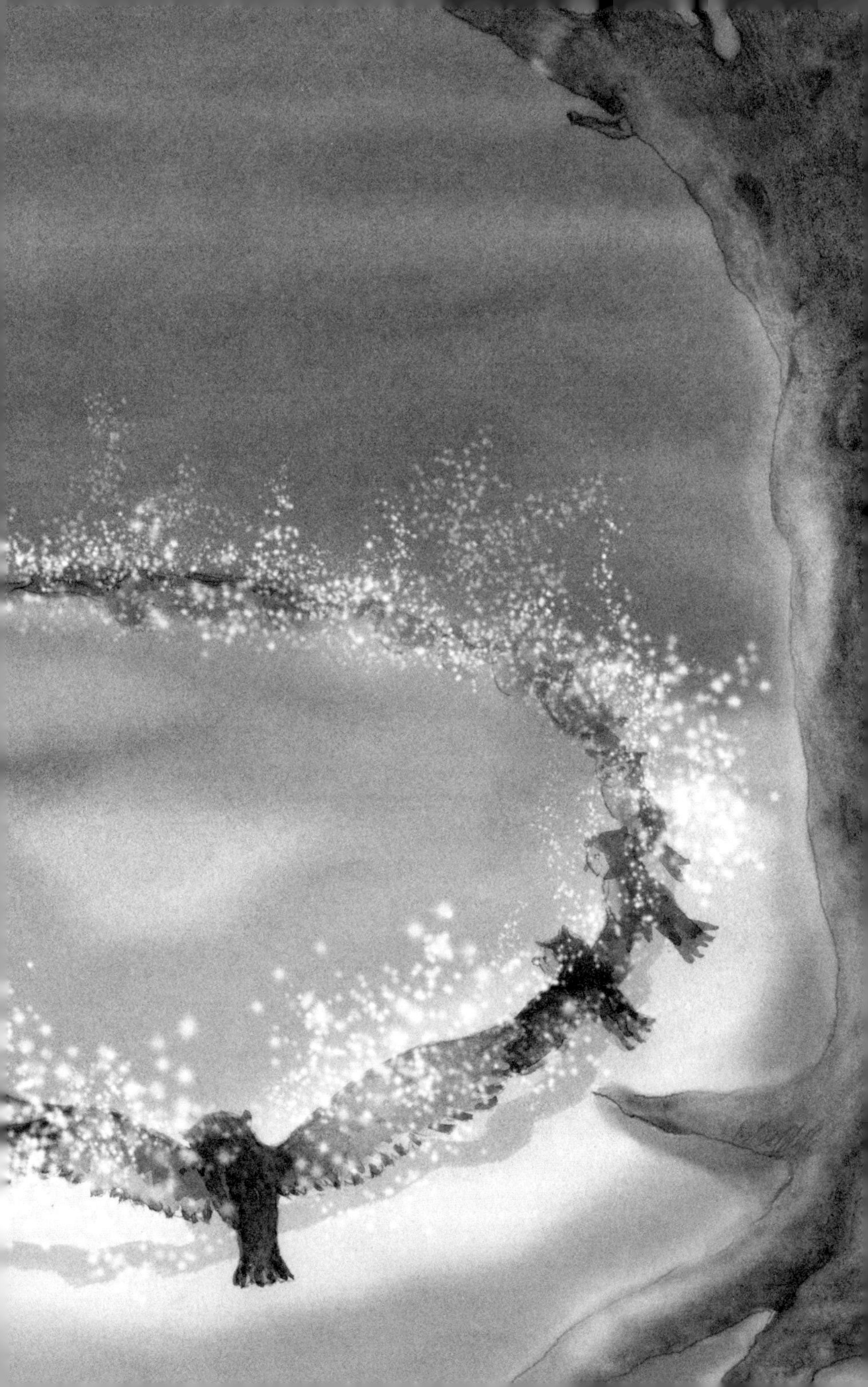

ziger goldener Ring über der Platte schwebte. Flora stockte der Atem, als sie sah, wie dieses Gold auf den Boden strömte. Dort kroch es Stück für Stück vor, bis die ganze Platte schimmerte und das Herz darauf wie auf einem strahlenden Teller ruhte. Und dann fing es plötzlich an, genauso zu strahlen! Zunächst nur am Rand, aber nur Sekunden später der ganze Stein. Flora konnte fast nicht glauben, was sie da sah. All diese Eulen mit ihren schimmernden Flügeln, der leuchtende Boden und in seiner Mitte – ein Herz aus Gold!

15

Der Wunsch der Zaubereulen

Flora stand nur da und starrte mit großen Augen auf dieses Schauspiel. Noch nie in ihrem Leben hatte sie etwas so Schönes gesehen. Überall dieses strahlende Gold, das ihr kostbarer vorkam als der größte Piratenschatz. Jeder Zentimeter Luft schien erfüllt zu sein von Magie und Flora hatte fast das Gefühl, sie mit Händen greifen zu können. Ihr Körper kribbelte vom Kopf bis zu den Zehen und sie stand da wie angewurzelt, als hielte sie dieser ganze Zauber fest umschlungen.

Auch die Eulen rührten sich nicht, sondern verharrten regungslos. Eine Weile war es ganz still, alle Augen waren auf das leuchtende Herz gerichtet. Flora wusste, jeder einzelne Zaubervogel spürte, dass er Zeuge einer ganz einmaligen Erscheinung war und in diesem Moment Vergangenheit und Gegenwart eins wurden.

Ganz langsam wich schließlich das Glitzern aus den Flügeln der Zaubereulen und damit ließ auch der strahlende Schein des Herzens nach, bis nur noch ein leichtes Schimmern zu erkennen war. Auch der Boden verlor sein goldenes Leuchten, als ob es von ihm aufgesogen würde, bis der Stein wieder völlig weiß war. Nun sah alles wieder aus wie vorher, nur das Schimmern des Herzens erinnerte daran, was für ein Zauber hier gerade stattgefunden hatte.

Da stieß ein großer Uhu ein paar Rufe aus. Einige Eulen antworteten, andere nickten nur.

Auch Goldwing meldete sich zu Wort und wandte sich dann an Flora: »Die Zaubereulen sind sich sicher, dass nun in Athenaria alles wieder so ist, wie es sein soll. Das strahlende Herz ist der beste Beweis. Doch sie haben sich gefragt, was nun damit geschehen soll, und sind der Meinung: Es muss nach Athenaria! Für ihr Zauberreich hat die Ur-Eule ihr Leben gelassen. Und auch für ihr Kind und die späteren Herrscherinnen, die über die Zaubereulen wachen und das Werk der Ur-Eule fortsetzen. Sie wollen, dass wir es dorthin bringen, am besten gleich morgen.«

Flora nickte. »Diesen Wunsch können wir gern erfüllen.« Da stockte sie. Wie sollte das denn gehen? Sie waren bisher immer von der Blauseehöhle aus nach Athenaria geflogen. Wenn Flora ihren Eulenring an die Feder gehalten hatte, die dort auf dem Stein am Ufer eingeritzt war, dann hatte Goldwing sie mit sich forttragen können. Aber die Höhle war viel zu weit weg!

Das musste Goldwing zugeben, daran hatte sie noch gar nicht gedacht. Mit ein paar Rufen wandte sie sich an die anderen. Eine Waldohreule antwortete ziemlich ausführlich und alle lauschten aufmerksam.

»Es gibt hier wohl ganz in der Nähe eine Höhle«, erklärte Goldwing Flora. »Sie hat zwar keinen See, aber auch so eine eingeritzte Feder. Die Eule hat sie erst vor Kurzem mit ihrem Freund entdeckt, aber sie konnten sich nicht erklären, was es mit der Feder auf sich hat. Jetzt ist sie ihr wieder eingefallen, als ich gerade die Blauseehöhle erwähnt habe. Sie meint, vielleicht können wir auch von dort fliegen. Wir sollten es auf jeden Fall versuchen und sie könnte sie uns gleich zeigen.«

»Gute Idee, die schauen wir uns an«, stimmte Flora sofort zu. Sie war froh für diesen Hinweis, denn dann mussten sie nicht so lange warten, bis sie wieder zurück in Tannenbach waren und zur Blauseehöhle konnten.

»Ich glaube, wir verstecken das Herz nachher am besten dort«, schlug Goldwing vor. »So ist es an einem Eulen-Ort. Nicht dass es bei euch im Zeltlager noch in falsche Hände gerät.«

Flora verstand, was Goldwing meinte. Diese Hinterlassenschaft der Ur-Eule war etwas sehr Kostbares für alle Zaubereulen und nun umso mehr, als ihre magischen Kräfte darin steckten.

Floras Blick fiel auf die versteinerte Eule in ihrer Hand. »Und was ist damit?«, fragte sie. Goldwing sprach mit den anderen Eulen und eine schlug vor, sie wieder unter das Gebüsch zu legen, wo Flora sie gefunden hatte.

»Aber was ist, wenn sie dort jemand entdeckt und einfach mitnimmt?«, wandte Flora ein. »Wir müssen dafür sorgen, dass sie gut geschützt ist. Und doch ir-

gendwo hier in der Nähe, an diesem Eulen-Ort, wo sie seit vielen Hundert Jahren immer war.«

Goldwing leitete Floras Worte an die anderen weiter und die Waldohreule von vorher meldete sich zu Wort.

»Sie meint, wir sollten sie auch mit zur Höhle nehmen«, erklärte Goldwing, als die Eule verstummt war und die anderen zustimmend nickten. »Da ist sie in Sicherheit und trotzdem noch in der Nähe der Platte. Und bestimmt war die Höhle früher auch ein Ort für Eulen, sonst wäre ja die Feder nicht eingeritzt. Dort finden wir auf jeden Fall ein gutes Versteck für die Versteinerung.«

»Das werden wir«, bekräftigte Flora und legte die beiden Hälften des Steins wieder aufeinander, um seinen kostbaren Inhalt zu verbergen.

Hibu hüpfte näher und strich behutsam mit dem Flügel darüber. Dann warf er Flora einen liebevollen Blick zu. Ihr wurde es ganz warm ums Herz und sie legte ihre Hand auf seinen Kopf. »Ich danke dir«, sagte sie leise. »Sag auch den anderen Danke«, bat sie dann Goldwing. »Jeder Einzelne von euch hat heute Nacht Großes geleistet.«

Nacheinander kamen die Vögel heran, um den Stein zu berühren. Goldwing bedankte sich bei ihnen und die Eulen antworteten mit all ihren unterschiedlichen Rufen.

»Sie sind so stolz, dass sie Athenaria diesen Dienst erweisen konnten«, sagte Goldwing leise und Flora hörte an ihrer Stimme, wie gerührt sie war. »Für alle war es heute das erste Mal, dass sie gemeinsam mit so vielen anderen gezaubert haben. Sie wussten ja, dass es noch mehr Zaubereulen gibt, aber nun hier so versammelt gewesen zu sein, war einfach ein unglaubliches Erlebnis. Und das werden sie immer in Erinnerung behalten. Nun kehren sie voller Freude zurück und können es kaum erwarten, ihren Eulenfreunden von dieser Nacht zu erzählen.«

Flora lächelte glücklich und winkte den Zaubereulen zum Abschied zu. Obwohl *sie* keine Zaubereule war, würde auch sie diese Nacht nie vergessen!

16

Das Versteck in der Höhle

Als die letzte Eule am glitzernden Nachthimmel verschwunden war, nahm Flora die Versteinerung hoch und drückte sie fest an ihre Brust. Auf keinen Fall durfte sie sie fallen lassen! Sie hielt sie in den Händen wie einen kostbaren Schatz. So kostbar wie das Steinherz, das nun Goldwing behutsam mit dem Schnabel ergriff.

Die Waldohreule flog voraus und sie folgten ihr ein Stück durch den Wald. Doch es war gar nicht weit, nur ein paar Meter den Berg hinunter. Am Fuß des Felsens, auf dem die Platte thronte, lag bereits die Höhle. Sie war halb verdeckt von dichtem Gestrüpp, das den Eingang verbarg. Die Zweige kratzten an Floras Armen, als sie sich hineinzwängte, doch sie achtete gar nicht darauf. Die Höhle öffnete sich und war breiter, als von außen gedacht, aber sehr niedrig. Flora musste sich ducken, als sie auf dem feuchten Boden weiter in das Innere vordrang. Nur der weiße Stein an den Wänden war zu erkennen, sonst war es ziemlich dunkel. Floras Augen brauchten eine Weile, um sich daran zu gewöhnen, und sie tastete sich mit einer Hand an der Decke voran. Nicht dass sie sich den Kopf anstieß. Mit der anderen Hand drückte sie noch immer die Versteinerung ganz fest an sich.

Schließlich hatte sie das Ende der Höhle erreicht, wo die beiden Eulen schon auf sie warteten. Die Waldohreule deutete mit dem Flügel auf

eine Stelle am Felsen, aber Flora hatte zunächst Mühe, dort etwas zu erkennen. Sie ging ganz nah ran und dann sah sie es: Da war tatsächlich eine Feder eingeritzt! Vorsichtig fuhr Flora mit dem Finger über die feinen Linien.

»Sieht genauso aus wie die in der Blauseehöhle«, meinte sie zu Goldwing.

»Ja, stimmt«, bestätigte Goldwing und schaute sich suchend um. Dann hüpfte sie zu einem Vorsprung, der ein Stück in den schmalen Gang hineinragte.

»Dort könnten wir die Versteinerung und das Herz verstecken«, schlug sie vor. Sie nahm das Herz, das sie auf dem Boden abgelegt hatte, in den Schnabel. Noch immer war in seinem Innern ein leichtes Schimmern zu erkennen. Goldwing trippelte zu dem Vorsprung, legte das Herz dahinter ab und Flora platzierte behutsam die Versteinerung darauf. Die braune Farbe des Steins verschmolz fast mit dem Boden und niemand konnte ahnen, was für ein Schatz sich hier verbarg.

Die Waldohreule stieß ein paar kurze »Huh«-Rufe aus und Goldwing nickte.

»Sie will in Zukunft ab und zu nach der Versteinerung sehen«, erklärte Goldwing. »Damit wir wissen, dass alles in Ordnung ist.«

Die Waldohreule flatterte nun wieder Richtung Ausgang und Goldwing folgte ihr. Flora wünschte sich, auch fliegen zu können und nicht so mühsam hier durchkriechen zu müssen. Aber morgen Nacht würde sie das mit Goldwing ja tun. Wenn hoffentlich alles gut ging! Flora freute sich schon so darauf, denn nie fühlte sie sich so leicht wie mit Goldwing. Mit ihrer Zaubereule dahinzugleiten, alles von oben zu sehen, den Wind zu spüren … für Flora gab es nichts Schöneres!

Als sie wieder nach draußen kam, wartete Goldwing am Eingang der Höhle. Die andere Eule flatterte schon in der Luft, schaute noch einmal aus ihren orange leuchtenden Augen auf sie herab und ließ ein letztes »Huuuh« erklingen. Flora hob lächelnd die Hand und winkte. Auch ohne dass Goldwing übersetzte, wusste sie: Die Eule wünschte ihnen Glück für morgen Nacht. Wenn sie das Herz nach Athenaria brachten, wo es hingehörte!

Die Eule drehte ab und Flora schaute ihr nach, bis ihre Umrisse vom Dunkel des Walds verschluckt wurden. So war sie einfach eine Eule, die durch die Nacht flog, und niemand ahnte, welche Kräfte in ihr steckten. In ihr und all den anderen Zaubereulen, die heute hier zusammengekommen waren. Was für ein unglaublicher Anblick war dieser Kreis aus Goldflügeln gewesen, der die Platte zum Leuchten gebracht hatte!

»Ich bewundere euch für eure Zauberkräfte und für das, was ihr gemeinsam geschafft habt«, sagte sie leise zu Goldwing.

»Und morgen Nacht werden wir uns in Athenaria selbst davon überzeugen«, erwiderte Goldwing und schmiegte sich an Floras Bein.

Flora nickte. Am liebsten wäre sie gleich losgeflogen, aber dafür war es leider zu spät. Sie kniete sich zu Goldwing, legte beide Hände auf ihre schimmernden Flügel und schaute sie liebevoll an.

»Die Herrscherinnen und alle Zaubereulen werden so glücklich sein, dass nun alles wieder in Ordnung ist«, sagte Flora und drückte Goldwing einen Kuss auf den Kopf.

»Genau wie ich«, erwiderte Goldwing und zuckte mit den Ohren.

»He, das kitzelt«, beschwerte sich Flora und musste lachen.

»So ist das eben, wenn man Eulen küsst«, meinte Goldwing und Flora hörte das Schmunzeln in ihrer Stimme. Auch sie musste grinsen. Goldwing war wirklich die süßeste Eule weit und breit.

Sie wäre gern noch länger geblieben, hätte mit

Goldwing von der Platte aus übers Tal geschaut und über die unglaublichen Ereignisse dieser Nacht geredet. Aber sie fühlte sich plötzlich so müde und morgen stand ja auch noch der Wettgalopp auf dem Programm. Bestimmt war sie danach total erledigt. Aber nichts würde sie davon abhalten, mit Goldwing nach Athenaria zu fliegen!

17

Was für eine Enttäuschung

Am nächsten Morgen wurde Flora von Lea, Miri und Zoe unsanft geweckt. Von überall bohrten sich Finger in sie und Zoe hielt ihr sogar die Nase zu.

»He, du Schlafmütze, steh endlich auf!«, rief Miri

lachend. »Die anderen sitzen schon beim Frühstück.« Sie öffnete Floras Schlafsack und die drei zogen sie kurzerhand aus dem Zelt. Müde versuchte Flora, sich zu wehren, aber sie hatte keine Chance. Erst als sie sich das kalte Wasser des Bachs ins Gesicht spritzte, wurde sie ein bisschen munterer.

Als sie zu den anderen zurückkehrte, hörte sie Nathalie jammern. »Das juckt so, ich halte es kaum aus!« Auf ihrer Backe prangte ein großer roter Stich.

»Dann mach doch noch mal Gel drauf«, meinte Emilie und hielt ihr eine Tube hin.

»Das hab ich schon dreimal, das bringt überhaupt nichts«, schimpfte Nathalie.

»In einem Zeltlager ist ein Mückenstich schon mal drin«, bemerkte Sarah etwas spitz. »Und jetzt warten die Pferde auf ihr Frühstück.« Auch sie wirkte heute ein bisschen genervt von Nathalie.

Da kam Leonie mit ein paar Blättern in der Hand von der Wiese. Sie zerdrückte sie und sagte nur: »Lass mich mal machen.« Dann tupfte sie vorsichtig den wässrigen Saft auf Nathalies Wange.

Bei jedem anderen hätte Nathalie wahrscheinlich »Iiih« geschrien, aber vor der jugendlichen Leonie wollte sie sich keine Blöße geben.

»Spitzwegerich hilft immer«, meinte Leonie, als sie

fertig war. Nathalie nickte bloß und versuchte ein zaghaftes Lächeln.

Flora atmete auf. Wie alle anderen war sie Leonie dankbar, denn sonst hätten sie sich wahrscheinlich für den Rest des Tages noch Nathalies Gejammer anhören müssen.

»Das war super von Leonie«, sagte Flora später zu Sarah, als sie ihr half, einen schweren Heuballen auf die Koppel zu tragen.

»Ja, sie ist ein tolles Mädchen«, pflichtete Sarah ihr bei.

»Meinst du, ihre Mutter denkt das auch?«, fragte Flora vorsichtig.

Sarah schaute sie verwundert an. »Wie meinst du das denn?«, wollte sie wissen.

Als Flora ihr von dem Gespräch mit Leonie erzählt hatte, schwieg sie einen Moment.

»Ich weiß von Leonies großem Wunsch«, erwiderte Sarah dann. »Und ich weiß auch von Tanjas Wunsch, dass Leonie ihr Reittalent mehr nutzt.«

»Aber wenn sie lieber Geld verdienen und reisen will?«, wandte Flora ein. »Tanja kann sie doch nicht zwingen, Profireiterin zu werden. Nur weil es bei ihr nicht geklappt hat.«

»Das mag schon ein Grund sein, warum Tanja das

möchte«, gab Sarah zu. »Doch sie sieht eben Leonies Begabung und findet es schade, dass sie nicht mehr daraus macht. Und Eltern glauben manchmal, besser zu wissen, was gut ist für ihr Kind.«

»Leonie ist aber kein Kind mehr!«, protestierte Flora. »Sie weiß selbst, was sie will.«

»Ja, das tut sie absolut«, stimmte Sarah ihr zu. Sie schwieg einen Moment, während sie schwungvoll mit der Mistgabel durchs Heu fuhr. Dann stellte sie sie ab und sagte leise: »Vielleicht hat Tanja auch einfach Angst, Leonie fortzulassen in die weite Welt.« Nachdenklich schaute sie vor sich hin.

»Manchmal muss man etwas hergeben, auch wenn man es sehr lieb hat«, sagte Flora leise.

Sarah schaute sie erstaunt an. »Wo hast du das denn her?«

Doch Flora konnte natürlich nicht verraten, dass das Goldwings Rat gewesen war, als sie damals Luki für sich behalten wollte, obwohl Leon den kleinen Hund mehr gebraucht hatte als sie.

Sie zuckte mit den Schultern. »Ach, das hab ich mal irgendwo gehört«, antwortete sie beiläufig und half Sarah, das Heu zu verteilen. Da kam ihr ein Gedanke. »Kannst *du* nicht mal mit Tanja reden? Du bist doch eine gute Freundin von ihr.«

Sarah schaute sie unsicher an. »Ich glaube nicht, dass Tanja kluge Ratschläge von mir will. Wahrscheinlich denkt sie, ich kann das sowieso nicht verstehen, denn ich habe ja keine Kinder.« Sie verteilte den Rest des Heus, in das die Pferde gierig ihre Nasen steckten. »Aber vielleicht ergibt sich zufällig eine Gelegenheit, das Thema anzusprechen. Warten wir's mal ab.«

Das hoffte Flora, auch wenn Sarahs Worte nicht sehr vielversprechend klangen. Sie wünschte sich so für Leonie, dass ihr großer Traum in Erfüllung ging.

Aber als Flora dann später mit Bennis Zügeln in der Hand auf der Wiese stand, die sich neben dem blühenden Sonnenblumenfeld endlos lang direkt bis in den Himmel zu erstrecken schien, dachte sie nicht mehr an Leonie und den Streit mit ihrer Mutter. Jetzt wollte sie nur noch galoppieren! Tanja stand irgendwo ganz hinten als kleiner Punkt am Ende des Felds. Sie hatte einen dicken Ast auf den Boden gelegt, der die Ziellinie war. Wenn ein Reiter dort ankam, stoppte sie die Zeit. Alle Mädchen waren natürlich schon ziemlich aufgeregt. Wer von ihnen würde wohl die Schnellste sein?, fragte sich Flora zum hundertsten Mal. Auf den Sieger wartete eine Gratis-Reitstunde mit einem Pferd seiner Wahl. Flora wünschte sich so, dass sie die

Gewinnerin war, aber das taten natürlich alle anderen auch.

Ihr Herz klopfte ganz wild, als endlich sie an der Reihe war.

Sarah rief laut: »Auf die Plätze, fertig, *los!*«

Bei »Los« drückte Flora Benni die Hacken in die Seite und er preschte davon. Benni, der manchmal ziemlich stur und faul sein konnte, war heute wie ausgewechselt. Mit weit ausgreifenden Vorderhufen jagte er über die Wiese. Flora kam es vor, als ob er immer schneller wurde. Die Sonnenblumen neben ihr ver-

schwammen und zogen wie ein einziges gelbes Band an ihr vorbei. Bennis Hufe trommelten unter ihr, die Luft strich wie ein sanfter Hauch über ihr Gesicht … Flora fühlte sich so leicht. Fast wie auf Goldwings Flügeln!

Strahlend erreichte sie das Ziel und hatte richtig Mühe, Benni zum Stehen zu bringen. Am liebsten wäre er weitergaloppiert. Und Flora auch!

»Das war eine super Zeit!«, lobte Tanja sie. »Bislang bist du die Schnellste.«

Flora spürte, wie ihr Herz vor Freude einen kleinen Hüpfer machte. Sie tätschelte Benni den Hals und lobte ihn ausgiebig. Er hatte wirklich alles gegeben! Verschwitzt und glücklich ritt sie zu den anderen zurück.

Auch bei Miri lief es gut. Nur Zoe war nicht besonders schnell, denn Mamalu war ziemlich langsam unterwegs.

»Ich bin eigentlich ganz froh, dass sie nicht so davongerast ist wie die anderen«, meinte Zoe, als sie wieder bei Flora und Miri ankam. »Wahrscheinlich hätte ich sonst den Boden geküsst.«

Flora grinste. Mamalu war wirklich lieb. Das hatte sie bestimmt mit Absicht gemacht, denn sie spürte natürlich, dass Zoe noch keine sehr gute Reiterin war.

Als Letzte kam Nathalie dran. Sie hatte schon gemault, dass sie so lange warten musste. Doch das tat ihr ganz gut, fand Flora. Schließlich musste sie nicht immer und überall die erste Geige spielen.

Kaum hatte Sarah das Startzeichen gegeben, schoss Aurora los. Sie war wirklich ein tolles Pferd, dachte Flora mal wieder. Zwar ein bisschen zickig wie ihre Besitzerin, aber unheimlich schnell. In rasendem Tempo donnerten ihre Hufe über den Boden. Schon hatte sie das Ziel erreicht. Sarah hielt die Uhr an und gab Nathalie, die gerade wieder zu ihr zurücktrabte, das Daumen-hoch-Zeichen.

Noch bevor Sarah wenig später die Zeiten verkündete, wusste Flora: Nathalie war die Siegerin. Mit Aurora hätte jede andere von ihnen auch gewonnen, aber Nathalie hielt sich wieder einmal für die beste Reiterin aller Zeiten. Sollte sie doch, dachte Flora. Das konnte ihr die Freude nicht nehmen.

Auf dem Rückweg ließen sich Flora, Miri, Zoe und Lea ein bisschen zurückfallen, um sich Nathalies Angeberei nicht länger anhören zu müssen. Sie waren sich alle einig: Dieser Ritt war das Schönste gewesen, was man sich nur vorstellen konnte! Voller Begeisterung erzählten die vier sich jede Kleinigkeit, bis sie das Zeltlager wieder erreichten.

Als Erstes führten sie die Pferde zum Bach, damit sie trinken konnten. Alle zogen sich Schuhe und Strümpfe aus und wateten vorsichtig ins Wasser. Wie herrlich kühl es um ihre Beine wirbelte. Da trafen Flora von hinten ein paar Tropfen. Sie drehte sich um und sah, wie Miri grinsend noch einmal mit dem Fuß Wasser in ihre Richtung spritzte.

»He, das kriegst du zurück!«, rief Flora und holte nun ebenfalls aus. Da mischten sich auch Zoe und Lea ein und schon war eine richtige Wasserschlacht im Gang. Die Mädchen quietschten und lachten und wurden immer nasser. Bessere Ferien konnte man sich einfach nicht vorstellen, dachte Flora glücklich.

Bevor sich abends alle nach dem Essen noch mal gemütlich um das Lagerfeuer setzten, schauten Tanja und Sarah ein letztes Mal nach den Pferden. Flora sah, wie sie am Zaun standen und Tanja nachdenklich auf die Koppel blickte, während Sarah redete. Sprachen sie jetzt vielleicht über Leonie? Flora hoffte es so! Und noch viel mehr hoffte sie, dass Tanja Leonie besser verstand und einlenkte. Aber ihr Gesicht verriet nichts, als die beiden zurückkamen, und Sarah schaute auch nicht zu Flora her. Wenn es gut gelaufen wäre, hätte sie ihr doch wenigstens mal zugenickt. Flora hätte Sarah so gern gefragt, was Tanja gesagt hatte, aber das wollte sie nicht vor den anderen.

»Sollen wir uns eine Gruselgeschichte erzählen?«, fragte Lea in die Runde. »Jeder überlegt sich ein paar Sätze und der Nächste muss sich dann ausdenken, wie es weitergeht.«

»Gute Idee«, stimmte Miri sofort zu. »Aber wenn ich dran bin, dann wird es *richtig* gruselig, das verspreche ich euch. Also nichts für schwache Nerven«, raunte sie mit tiefer Stimme und blickte mit weit aufgerissenen Augen vielsagend um sich.

Sarah lachte. »Passt bloß auf, dass nachher keiner Albträume hat.«

Doch die Mädchen stellten fest, dass ihnen nur ganz übertrieben gruselige Sachen einfielen. Immer wieder bekamen sie Lachanfälle und es wurde eher eine Witz- als eine Gruselgeschichte.

Unruhig wartete Flora später in ihrem Schlafsack, dass es endlich ruhig wurde. Miri, Zoe und Lea überlegten sich ständig neue Fortsetzungen ihrer Geschichte und maulten herum, dass Flora nicht mitmachen, sondern lieber schlafen wollte. Sie musste doch unbedingt zu Goldwing! Bestimmt war sie schon da und fragte sich, wo Flora so lange blieb.

Doch schließlich wurden die anderen müde. Flora atmete auf, als sie endlich eingeschlafen waren. Sie wartete noch ein bisschen, um ganz sicherzugehen, dann schlüpfte sie aus dem Zelt.

Tatsächlich flatterte ihr Goldwing gleich entgegen, als Flora über die Wiese Richtung Wald lief. Sie verwandelte sie schnell und die beiden machten sich auf zur Höhle.

Nachts sah irgendwie alles anders aus, fand Flora und sie war froh, dass Goldwing vorausflog. Allein hätte sie die Höhle vielleicht gar nicht wiedergefunden.

Unter Goldwings Führung erreichten sie jedoch nach wenigen Minuten das Gestrüpp mit dem dunklen Loch und Flora kroch hinein. Vorsichtig lief sie bis zu dem Vorsprung und holte das Herz unter der Steineule hervor. »Sieh mal, es leuchtet noch immer«, stellte sie erleichtert fest.

»Dann lass uns keine Zeit verlieren«, erwiderte Goldwing und hüpfte weiter zu der Stelle mit der eingeritzten Feder. Sie hielt ihren Flügel darauf und Flora ihren Eulenring. Mit der anderen Hand umklammerte sie das Herz, dann schloss sie die Augen.

»Lass uns nach Athenaria fliegen!«, wünschte sie sich, so fest sie nur konnte. Und Sekunden später spürte sie, wie sie leichter und leichter wurde, wie Goldwings Flügel sie mit sich forttrugen. Am liebsten hätte sie geschrien vor Freude. Es funktionierte, auch ohne die Blauseehöhle!

Sie flogen über die glitzernde Platte, die im Licht des Mondes strahlte. Hinweg über das Tal mit seinen Feldern und kleinen Gehöften. Es war einfach unbeschreiblich, so dahinzugleiten und sich vom sanften Wind tragen zu lassen.

Heute dauerte es länger, bis sie die alte Linde erreichten, von der aus sie nach Athenaria gelangten. Aber Flora freute sich darüber. Sie hätte ewig mit Goldwing so durch die Luft schweben können, mit dem Herz in der Hand und der Freude darüber, dass es nun bald dort war, wo es hingehörte – ins Reich der Zaubereulen.

Als sie sich der Linde näherten, erschien auch sofort die leuchtend rote Spur, die ihnen den Weg wies. Goldwing flog und flog, ohne das kleinste Anzeichen von Müdigkeit. Sie durchbrachen die Glitzerwand, die Athenaria wie ein Vorhang vom Rest der Welt trennte.

Schon kurz darauf tauchten die sanften Hügel mit den saftig grünen Wiesen vor ihnen auf. Wie immer strahlte die Sonne vom Himmel und die riesigen Regenbogenblumen leuchteten in allen Farben. Und dort waren ja auch schon die vier großen Holzeulen, die auf ihren steinernen Platten thronten!

Goldwing steuerte darauf zu und ließ sich mit ein paar letzten Flügelschlägen nach unten gleiten. Doch plötzlich stockte Flora vor Schreck der Atem. Die Risse waren gar nicht verschwunden! Dunkel und wie ein böses Gespinst zogen sie sich durch den hellen Stein. Das konnte doch nicht sein! Flora traute ihren Augen kaum. Mit einem Schlag war ihre Freude wie weggeblasen und zurück blieb nichts als grenzenlose Bestürzung. Sie hatte so fest daran geglaubt, dass alles wieder in Ordnung war, und nun das! Die magischen Kräfte der Zaubereulen – sie hatten nicht geholfen!

18

Wieder vereint!

Eine Weile standen Flora und Goldwing bloß da und starrten auf die Risse, die sich durch alle vier Platten zogen. Einige waren nur ganz fein, andere klafften schon richtig weit auseinander. Wie lange würden die Platten die Last der mächtigen Holzeulen noch tragen können?

»Was machen wir denn jetzt?«, flüsterte Flora, die als Erste die Sprache wiederfand.

Goldwing schwieg, während ihre Ohren unruhig in alle Richtungen zuckten.

»Der Sonnenberg sieht aus wie der Berg mit der Platte«, murmelte sie schließlich und starrte nachdenklich vor sich hin. »Wenn es denselben Berg hier und dort gibt, dann ist vielleicht …« – sie hielt kurz inne – »auch hier und dort etwas versteckt.« Goldwing stockte und richtete den Blick auf Flora.

Da verstand sie.

»Meinst du, wir müssen die Sternquelle suchen?«, fragte sie aufgeregt. »Und dass wir dann dort etwas finden, so wie wir das Herz bei den beiden alten Eichen gefunden haben?«

Goldwing nickte. »Das wäre zumindest eine Idee«, meinte sie. »Lass es uns versuchen! Es sind nur fünfzig Flügelschläge weit Richtung Osten, hat Aspiro damals gesagt. Das schaffst du.«

»Klar schaffe ich das«, versicherte Flora. Natürlich hätte sie sich gewünscht, wieder mit Goldwing fliegen zu können, aber das ging ja nicht einfach so. Also lief sie Goldwing hinterher. Ab und zu verharrte sie in der Luft, damit Flora nachkam.

Schon bald verließen sie das Tal und Flora kämpfte sich durch den dichten Wald. Hier gab es keine Wege, denn die brauchten Zaubereulen ja nicht. Es war ganz schön mühsam voranzukommen, doch keine kratzigen Büsche und kein Anstieg hätten Flora davon abgehalten, Goldwing zu folgen.

Und dann endlich stand sie auf dem Sonnenberg. Er hatte genau wie der andere Berg eine kreisrunde Platte aus ebenso weißem Stein. Von dort wies ihnen Goldwings linke Flügelspitze den Weg zu einer kleinen Lichtung. Auch hier gab es zwei hohe alte Eichen, wie Aspiro es ihnen damals beschrieben hatte.

»Flora, schau mal!«, rief Goldwing, die schon ein Stück vorausgeflogen war. Und da sah Flora es auch. Unter dem Schutz der weit ausladenden Zweige der beiden Bäume, die dicht über dem Boden hingen, versteckte sich tatsächlich eine Quelle. Sie war nicht besonders groß und hatte einen gezackten Rand. Als ob jemand mit einem Ausstecherförmchen einen Stern in den Boden gedrückt hätte, dachte Flora. Leise gurgelnd blubberte das Wasser in der Mitte hoch und schickte kleine Wellen zum Rand.

»Die Sternquelle, wir haben sie gefunden!«, freute sich Flora. Goldwing trippelte bereits aufgeregt herum und blieb dann plötzlich wie festgewachsen stehen. Sie starrte auf eine Stelle, an der sich die Wurzeln der beiden Bäume berührten. Und das taten sie nur hier, wie Flora mit einem raschen Blick feststellte.

Goldwing fing schon an, mit dem Schnabel auf dem feuchten Waldboden herumzuscharren.

»Vielleicht haben wir noch einmal Glück«, nuschelte sie und schüttelte ihre erdverschmierten Federn. Auch diesmal entstand ein richtig tiefes Loch, in dem Flora wieder bis zum Unterarm herumsuchte. Und tatsächlich! Sie spürte auch hier einen Stein und es war noch einmal – ein Herz! Flora wurde es plötzlich ganz heiß. Ob vor Anstrengung oder Aufregung – sie konnte es nicht sagen. Ihre Hand, in der nun beide Herzen nebeneinanderlagen, zitterte und sie hatte Mühe, sie ruhig zu halten. Das zweite Herz war ein bisschen größer als das erste und leuchtete auch nicht, aber sonst waren sie vollkommen gleich. Als Flora sie so betrachtete, kam ihr plötzlich ein Gedanke.

»Sieht das nicht ein bisschen wie Mutter und Kind aus?«, fragte sie Goldwing.

»Ja, stimmt«, meinte Goldwing. »Vielleicht hat die Ur-Eule ihrer Tochter dieses Herz mitgegeben, als sie sie nach Athenaria geschickt hat. Damit der Stein ihr Kind, alle Nachkommen und das ganze Zauberreich beschützt, wenn sie nicht mehr da ist.«

Flora nickte und mit einem Mal fiel ihr der Junge aus dem Schwimmbad ein. Das Stofftier hatte seine Oma ihm ja auch gegeben, damit es ihn beschützte, wenn sie nicht mehr da war. Dann war dieses Herz möglicherweise genauso eine Art Talisman für Athenaria?

»Ich glaube, diese beiden Herzen gehören zusammen«, fuhr Goldwing fort. »Lass sie uns gemeinsam hier verstecken.«

Flora nickte und legte die beiden Herzen in das Loch. Dann warteten sie gespannt, was passierte. Würde sich der Boden wieder schließen? Oder gab es vielleicht sonst irgendein Zeichen, dass nun wieder alles in Ordnung war? Aber nichts tat sich. Voller Enttäuschung holte Flora die Herzen wieder heraus.

»Das ist wie verhext!«, schimpfte sie. »Nun haben wir diese beiden Herzen und können Athenaria doch nicht helfen.«

»Offensichtlich sind wir hier am falschen Ort«, meinte Goldwing. »Vielleicht müssen wir sie bei den anderen beiden Eichen verstecken? Vielleicht gehören sie dort zusammen?«

»Aber das Herz der Ur-Eule hat bis zum Schluss für Athenaria geschlagen«, wandte Flora ein. »Für *ihr* Reich! Das war *ihr* Werk, dass ihr Kind und alle Zaubereulen sicher sein konnten. Dann gehört es auch hierher!«

»Ja, das stimmt«, gab Goldwing zu. »Aber wenn sie hierhergehören, dann nicht an diese Stelle.«

Eine Weile schwiegen sie und starrten auf die beiden Herzen in Floras Hand. Dann machte sich Goldwing plötzlich ganz lang und saß da wie erstarrt.

»Was hast du?«, wollte Flora wissen.

»Die Ur-Eule war damals die einzige Herrscherin über die Zaubereulen«, murmelte Goldwing ganz in Gedanken versunken. »Sie hat ihre Macht an ihr Kind weitergegeben. Und als es dann immer mehr Zaubereulen wurden, gab es schließlich vier Herrscherinnen. So hat Aspiro es uns erzählt. Also sind sie in gewisser Weise doch die Nachfahren der Ur-

Eule, oder? Vielleicht gehören die beiden Herzen dann …«

Goldwing hielt kurz inne und Flora vollendete schnell ihren Satz: »Vielleicht gehören die Herzen dann zu den vier Eulen auf den Steinplatten.«

Beide schauten sich an und Flora spürte ganz genau: Goldwing hatte recht! Das mussten sie versuchen! Schnell machten sie sich auf den Rückweg zur großen Wiese.

Flora war ziemlich außer Atem, als sie schließlich dort ankamen. Sie war ganz zappelig vor Ungeduld. Mit zitternden Fingern legte sie die Herzen auf die Platte mit den größten Rissen. Gespannt warteten sie, aber auch hier tat sich nichts!

Kopfschüttelnd starrte Goldwing auf den zerfurchten Stein. »Jetzt weiß ich wirklich nicht mehr weiter«, murmelte sie. Doch das leuchtende kleinere Herz, neben dem das andere Herz wie leblos wirkte, brachte Flora auf eine Idee.

»So wie die Zaubereulen das Herz mit ihren magischen Kräften zum Leuchten gebracht haben, so muss das mit diesem anderen Herz vielleicht auch geschehen. Durch die vier Herrscherinnen! Sie sind doch die Nachkommen der Ur-Eule.«

»Das klingt gut!«, rief Goldwing. »Aber wie sollen wir die Herrscherinnen finden?«

Suchend blickten die beiden sich um. Wie bei ihren letzten Besuchen sausten lauter Zaubereulen durch die Luft und überall glitzerten ihre Flügel zwischen den Bäumen des Waldes. Da sahen sie, wie eine Eule direkt auf sie zugeflogen kam. Sie erkannten sie gleich an dem Stern auf der Brust – Aspiro!

Schwungvoll segelte der Uhu zu ihnen herab und landete neben Flora auf der Wiese.

»Seid gegrüßt«, sagte er. »Ich habe gespürt, dass ihr mich braucht. Nun bin ich da.«

»Ja, wir brauchen dich!«, rief Flora sofort und streckte ihm die beiden Herzen entgegen. Er ließ den Blick nicht von ihnen, während Flora und Goldwing ihm abwechselnd erzählten, was passiert war. Aspiro nickte ein paar Mal, dann flatterte er auf.

»Wartet hier. Ich werde es unseren Herrscherinnen berichten und sie zu euch bringen«, sagte er, bevor er mit ein paar kräftigen Flügelschlägen höher stieg und eilig Richtung Wald verschwand.

Mit bangem Herzen warteten Flora und Goldwing. Würde es lang dauern, bis Aspiro zurück war? Wo wohnten die Herrscherinnen überhaupt? Einfach in den Bäumen oder vielleicht in einer kostbaren Höhle, die so was wie ihr Schloss war? Waren die vier überhaupt überzeugt von Floras und Goldwings Idee und würden sie es versuchen? Sie mussten! Flora spürte ganz genau, dass das der einzig richtige Weg war!

Endlich kam Aspiro mit den Herrscherinnen zurück. Flora erkannte die großen Uhus sofort an ihren silbernen Flügeln. Lautlos segelten sie herbei und nahmen auf der Steinplatte Platz. Schweigend betrachteten alle die Herzen, die Flora dort hingelegt hatte.

»Aspiro hat uns von eurem Wunsch berichtet«, ergriff schließlich Dareia, die Herrscherin des Nordens, das Wort. »Wir sind in großer Sorge um unser Reich. Unsere Zauberkräfte waren bislang machtlos gegen diese Risse. Nichts, was wir versucht haben, hat sie verschwinden lassen oder auch nur zum Stillstand gebracht. Deswegen wollen wir euren Wunsch gerne erfüllen, denn wir glauben daran, dass die Ur-Eule uns diese Herzen nicht ohne Grund hinterlassen hat. Ob sie allerdings tatsächlich dazu geschaffen sind, die Wahrzeichen unseres Reichs zu retten? Wir wissen es nicht. Sie sind jedoch unsere einzige Hoffnung.«

Dareia warf zuerst Goldwing und dann Flora einen langen Blick zu. Auch die Augen der drei anderen Herrscherinnen ruhten auf den beiden. Flora wagte kaum zu schlucken und ihr Herz wummerte ganz wild gegen ihre Brust.

Unsere einzige Hoffnung, hatte Dareia gesagt. Was war, wenn es wieder nicht klappte? Selbst die große Kraft der Herrscherinnen hatte bisher nichts ausrichten können. Waren die beiden Herzen wirklich der Schlüssel zu allem?

Flora ballte die Hände zu Fäusten und schaute Dareia voller Entschlossenheit an. Da wandte sie den Kopf und nickte den anderen Herrscherinnen zu. Dareia hob die Flügel, die drei hüpften ein bisschen näher und streckten nun ebenfalls ihre glitzernden Schwingen nacheinander aus. Flora sah, wie sie die Augen schlossen. Vermutlich versuchten sie jetzt, all ihre magische Kraft auf die beiden Herzen zu richten, und auch Flora kniff ganz fest die Augen zusammen. Hoffentlich funktionierte es diesmal!

Da hörte sie ein Knacken, wie wenn ein dürrer Ast brach. Sie riss die Augen auf. Nun klopfte und knirschte es in der Platte, als ob sich unsichtbare Mächte in ihr regten.

Das klang richtig gefährlich! War das ein schlechtes Zeichen? Flora beschlich ein komisches Gefühl, sie spürte ein flaues Gefühl im Magen. Da sah sie, wie plötzlich kleine Steinkörnchen aus den Rissen hochgewirbelt wurden. Fein wie Sand schwebten sie als zitternde Wölkchen über der Platte und da fing auch das zweite Herz an zu leuchten. Ganz hellweiß strahlten nun beide Herzen nebeneinander. Flora ballte vor Freude die Hände zu Fäusten. Am liebsten hätte sie ganz laut »Ja!« geschrien. Sie hatten recht gehabt! Es funktionierte!

Auch die vier Herrscherinnen starrten mit großen Augen auf die Herzen. Ihre Umrisse wurden schließlich von der immer dichter werdenden Sandschicht verschluckt, bis auch ihr Leuchten bloß noch schwach zu erkennen war. Nur Sekunden später beruhigte sich die Sandschicht, legte sich zögernd auf die Platte und verharrte dort. Da spürte Flora einen kurzen,

heftigen Windstoß. Er trug den Sand mit sich fort, als ob ihn jemand einfach weggepustet hätte. Flora schnappte nach Luft. Die beiden Herzen – sie waren verschwunden! Und ebenso die vielen Risse! Nun sah die Steinplatte wieder aus wie immer. Für den Bruchteil einer Sekunde erkannte Flora noch ein schwaches

Schimmern, dort, wo vorher die Herzen gelegen hatten. Jetzt waren sie wieder vereint. Tief im Innern des Wahrzeichens von Athenaria!

19

Alles, alles gut!

Langsam ließen die vier Herrscherinnen ihre Flügel sinken und blickten voller Staunen um sich. Ihre Blicke wanderten über die Platten. Überall waren die Risse verschwunden, nicht einmal die kleinste Spur davon war mehr zu erkennen, als ob sie nie da gewesen wären. Flora hatte das Gefühl, dass eine riesige Last von ihr abfiel. Sie war so froh, denn nun war alles wieder gut.

»Wir können euch nicht genug danken für eure Hilfe«, sagte Dareia schließlich. Flora hörte an ihrer Stimme, wie erleichtert und glücklich auch sie war. »Ihr habt klug gehandelt, nicht aufgegeben und die Kraft der Zaubereulen weise genutzt.«

»Und damit habt ihr uns einen unschätzbaren Dienst erwiesen«, fügte eine der anderen Herrscherinnen hinzu. »Ihr habt heute wahrlich Großes vollbracht.«

Normalerweise hätte sich Flora bei so viel Lob gefreut, aber trotzdem fühlte sie sich ziemlich unbehaglich. Als ob sie so viel Anerkennung gar nicht verdient hätte. Sie wusste nicht, was sie sagen sollte.

»Es war alles meine Schuld«, platzte es da aus ihr heraus. Die anderen schauten sie verdutzt an. »Na ja, ohne mich wäre das doch alles nicht passiert«, fühlte sich Flora gezwungen zu erklären. »Nur weil ich unbedingt eine Versteinerung finden wollte, habe ich das Versteck der Ur-Eule zerstört. Und bestimmt sind dadurch dann die Risse entstanden. Das tut mir so leid!«

Als das heraus war, fühlte sich Flora ein bisschen besser. Jetzt hatte sie sich wenigstens entschuldigt.

»Aber das war ein Versehen«, versuchte Aspiro, sie zu trösten. »Du hast das ja nicht mit Absicht gemacht.«

Goldwing nickte heftig. Genau dasselbe hatte sie ja auch gesagt.

»Selbst wenn du es selbst für einen Fehler hältst, dann denke immer daran: Fehler haben ihren Sinn«, schaltete sich nun Dareia ein. Sie blickte Flora eindringlich an.

»Und was für ein Sinn wäre das?«, erkundigte sich Flora vorsichtig.

»Dass die beiden Herzen nun wieder vereint sind«, antwortete Dareia. »Womöglich war es ja sogar der Wunsch der Ur-Eule, dass es eines Tages so sein soll.«

Die anderen schauten sie verwundert an.

»Meinst du wirklich?«, fragte eine der Herrscherinnen ungläubig.

Dareia schwieg einen Moment, dann sagte sie: »Wer weiß?«

Flora war völlig verdattert. Hatte die Ur-Eule das tatsächlich geplant? Dass die Versteinerung gefunden wurde und die Herzen in Athenaria wieder zusammenkamen? Dann hätte Flora ja gar keine Schuld.

»Wir werden nie erfahren, was die Ur-Eule wirklich im Sinn hatte«, fuhr Dareia da fort. »Aber ist das überhaupt wichtig? Das, was zählt, ist doch, dass nun alles wieder gut ist. Und vielleicht sogar noch besser? Denn jetzt haben wir die zwei Herzen, das Vermächtnis unserer Vorfahrin, hier bei uns in Athenaria. Und es wird kein Tag vergehen, an dem wir ihr nicht unsere Ehre erweisen, denn ihr haben wir alles zu verdanken.«

Mit diesen Worten neigte sie den Kopf Richtung Platte und verharrte einen Moment. Auch die anderen Herrscherinnen taten es ihr nach. Dann erhoben sie sich mit ein paar kräftigen Flügelschlägen in die Luft.

»Einen guten Heimflug! Und achtet auf die Versteinerung!«, rief Dareia Flora und Goldwing noch zu, bevor die vier in Richtung Wald verschwanden.

»Ich habe gewusst, dass ihr auch diesmal einen Weg finden werdet«, sagte Aspiro. Er nickte Flora zu und strich mit dem Flügel kurz über Goldwings Federn. »Du bist wirklich eine große Zaubereule!«

Flora bemerkte, wie Goldwing etwas verschämt den Blick senkte, doch sie wusste: Goldwing platzte beinahe vor Stolz über Aspiros Worte.

Dann schwang sich auch Aspiro auf, warf ihnen aus der Luft noch ein »Lebt wohl!« zu und flog davon.

Eine Weile schauten sie ihm noch nach, bis Goldwing schließlich leise sagte: »Lass uns nach Hause fliegen.«

Sie flatterte auf und steuerte die alte Linde an. Doch bevor Flora ihr folgte, legte sie noch kurz ihre Hand auf die Platte. Der Stein fühlte sich fast ein bisschen warm an. Spürte sie nicht auch ein leichtes Vibrieren, als ob dadrin etwas pulsierte? Aber wahrscheinlich bildete sie sich das nur ein. Sie schloss die Augen und sah die beiden Herzen vor sich, die dort versteckt vor sich hin schimmerten. Für einen kurzen Moment fühlte sie sich ihnen ganz nah. Sie würde sie niemals vergessen!

Dann lief sie schnell zur alten Linde, wo Goldwing schon auf sie wartete.

»Bereit?«, fragte sie.

»Bereit!«, antwortete Flora und holte ihren Ring aus der Tasche. Goldwing legte ihre Flügel um den Stamm des Baums und Flora schloss die Augen.

»Bring uns zurück!«, flüsterte sie. Und schon Sekunden später schwebte sie über dem Boden. Mit kräftigen Flügelschlägen trug Goldwing sie höher und höher. Flora warf einen letzten Blick auf Athenaria. Auf die saftigen Wiesen, die herrlichen Regenbogenblumen, den endlosen Wald mit all den Zaubereulen … Was für ein Paradies hatte die Ur-Eule hier erschaffen. Flora wusste: Gemeinsam mit Goldwing würde sie auch in Zukunft alles tun, um dieses Paradies zu schützen. Sie seufzte glücklich und ließ sich von Goldwing durch den glitzernden Sternenhimmel davontragen.

Als sie wieder in der Höhle ankamen, brauchte Flora einen Moment, um zu sich zu kommen. Wie immer fühlte sie sich nach so einem Flug ein bisschen benommen. Doch Goldwing hüpfte gleich los, um einen Blick auf die Versteinerung zu werfen.

»Flora, sieh nur!«, rief sie aufgeregt. Noch immer etwas schwindelig, tastete sich Flora zu ihr. Und da sah sie es selbst: Die beiden Hälften waren wieder eins geworden! Die Zwergenmütze sah so aus, wie Flora sie gefunden hatte. Und nichts verriet, welches Geheimnis sie in sich trug. Nun war die Ur-Eule wieder sicher in ihrem Versteck. Sie mussten keine Angst haben, dass sie in falsche Hände geriet.

»Vielleicht hat sie das wirklich alles so geplant?«, fragte Goldwing leise.

Flora lächelte. »Wenn es so war, dann wäre sie bestimmt mit uns zufrieden gewesen.«

Glücklich legte sie beide Hände auf Goldwings Flügel. *»Ich* bin es auf jeden Fall.« Sie schaute ihre Eule liebevoll an. »Und noch viel mehr als das!«

Goldwing drückte ihren Kopf an Floras Bein. »Ich auch«, sagte sie und ihre Stimme hatte sich schon lange nicht mehr so glücklich angehört.

Sie verließen die Höhle und Goldwing begleitete Flora bis zum Waldrand.

»Sehen wir uns morgen Abend wie immer bei dir im Garten?«, wollte Goldwing noch wissen, bevor Flora sie wieder verwandelte.

Flora nickte. »Ja, morgen wieder wie immer. Ich kann es kaum glauben, dass die drei Tage schon vorbei sind«, meinte sie kopfschüttelnd. »Die Zeit ist wirklich wie im Flug vergangen.«

»›Flug‹ stimmt ja irgendwie«, meinte Goldwing und klang belustigt. »Es war wirklich ganz schön was los.«

Flora nickte. »Aber zumindest nachts wird es jetzt vermutlich wieder ruhiger.« Sie zwinkerte Goldwing zu. »Doch wer weiß wie lange?«

Vorsichtig robbte sich Flora kurz darauf ins Zelt. Als sie zu ihrer Luftmatratze kroch, stieß sie Zoes Trinkflasche um, die sie neben sich abgestellt hatte. Sie landete direkt auf Zoes Stirn. So ein Mist! Widerwillig grummelnd schob Zoe sie weg und schaute Flora verwundert an. Als ob sie zu verstehen versuchte, was diese Flasche mitten in der Nacht in ihrem Gesicht zu suchen hatte.

»Is was?«, murmelte Zoe verschlafen.

»Nein, es ist nichts, alles gut«, beruhigte Flora sie und Zoe schloss sofort wieder die Augen. Flora lächelte glücklich, als sie sich in ihren Schlafsack kuschelte. Ja, jetzt ist wirklich alles gut, dachte sie glücklich.

Voller Begeisterung nahm Flora am nächsten Tag an der kleinen Olympiade teil, die Sarah und Tanja sich zum Abschluss für die Mädchen ausgedacht hatten. Sie mussten um Kreise aus altem Laub herumreiten, einen kleinen Stein auf einem Löffel im Trab balancieren und mit einem Stock im Vorbeireiten einen Flipflop-Schuh aus einem Eimer Wasser fischen. Die

Aufgaben waren zum Teil ganz schön schwer und keine schaffte alle fehlerfrei. Keine, außer Leonie!

»Sie ist wirklich eine super Reiterin!«, sagte Nathalie zu Tanja. So was aus Nathalies Mund zu hören, das wollte was heißen! Wo sie sich selbst ja eigentlich immer für die beste Reiterin aller Zeiten hielt.

Tanja, die ihre Augen weiter auf Leonie gerichtet hielt, seufzte.

»Und eine super Reiterin wird sie immer bleiben«, meinte Sarah und legte einen Arm um ihre Freundin. »Auch mit Ferienjob.«

Tanja nickte und bemühte sich um ein Lächeln. »Und auch mit Weltreise. Reiten kann man ja fast überall«, erwiderte sie und ließ den Blick nicht von Leonie. Sie steuerte gerade ein kleines Hindernis an, das Tanja und Sarah aus einem dünnen Baumstamm und ein paar Steinen selbst gebaut hatten. Sich weit über den Hals ihres Pferdes lehnend setzte sie elegant darüber hinweg und landete sicher auf der anderen Seite.

Sarah zeigte Flora verstohlen das Daumen-hoch-Zeichen und zwinkerte ihr zu. Da wusste Flora: Tanja hatte es sich doch noch mal überlegt und Leonie durfte den Ferienjob machen. Juhu! Flora freute sich so für sie! Sie wusste, wie glücklich Leonie jetzt war.

Flora hielt Miri und Zoe, die neben ihr standen, die Hand hin. Sie wussten zwar nicht, warum, aber sie klatschten sie lachend ab. Flora hätte ihnen zu gern verraten, warum sie so glücklich war. Wie sehr sie sich freute, dass in Athenaria wieder alles in Ordnung war. Und dass sich Leonies großer Wunsch doch noch erfüllt hatte. Nun war endlich alles, alles gut! Schöner konnten Ferien wirklich nicht sein!

Ein neues Abenteuer wartet bereits
auf Flora und Goldwing!

Halte Ausschau nach Band 11
ISBN 978-3-401-60458-9
Erscheint im Herbst 2019

Eulenzauber

Lass dich von Goldwing in eine magische Welt davontragen!

Lieder zum Träumen

Flora ruft ihre kleine Eule mit dem zauberhaften Lied »Meine kleine Eule, flieg!«. Willst du hören, wie es klingt? Dann schau mal auf die Eulenzauber-Homepage unter *www.eulenzauber-lesen.de.*

Hier findest du außerdem

tolle Basteltipps

und noch viel mehr »Euliges«.

Alle Eulenzauber-Abenteuer gibt es auch als

Hörbuch!

Band 1
Ein goldenes Geheimnis
ISBN 978-3-401-24017-6

Band 2
Rettung für Silberpfote
ISBN 978-3-401-24025-1

ISBN 978-3-401-60276-9

Dein Freundebuch

Ein wunderschön illustriertes Album von Flora und ihrer kleinen Zaubereule Goldwing – für dich und alle deine Freunde. Vielleicht mögen sie Eulen so gerne wie du?

Ina Brandt

Eulenzauber

Ein goldenes Geheimnis
978-3-401-60102-1

Rettung für Silberpfote
978-3-401-60103-8

Eine wunderbare Freundschaft
978-3-401-60131-1

Magie im Glitzerwald
978-3-401-60133-5

Rätsel um die Goldfeder
978-3-401-60188-5

Alle Bände als Hörbücher
bei Arena audio und
als E-Books erhältlich

Arena

Jeder Band:
Gebunden
www.eulenzauber-lesen.de
www.arena-verlag.de

Ina Brandt

Eulenzauber

Hilfe für das kleine Fohlen
978-3-401-60275-2

Geheimnisvoller Edelstein
978-3-401-60299-8

Ein neuer Freund für Goldwing
978-3-401-60381-0

Der große Herzenswunsch
978-3-401-60384-1

Alle Bände als Hörbücher bei Arena audio und als E-Books erhältlich

Arena

Jeder Band:
Gebunden
www.eulenzauber-lesen.de
www.arena-verlag.de

Ina Brandt

Eulenzauber
Goldwings großer Rätselschatz

Flora und ihre Zaubereule Goldwing lieben es, Rätsel zu lösen! Deshalb haben sie einen ganzen Schatz voller Spiele, Knobelaufgaben und fantasievollen Ausmalseiten zusammengestellt. Welches Tier gehört zu welchem Besitzer? Wie malt man eine Eule? Wo versteckt sich der Durchgang ins Zauberreich Athenaria? Egal, ob in der Schulpause, zu Hause oder in den Ferien – bei so viel Eulenspaß und bunten Bastelideen kommt garantiert keine Langeweile auf!

Arena
120 Seiten • Broschiert
ISBN 978-3-401-60472-5
www.arena-verlag.de

Ina Brandt

Die Zauberschneiderei

Leni und der Wunderfaden
978-3-401-60354-4

Ein Fest voller Magie
978-3-401-60355-1

Ein Kleid zum Träumen
978-3-401-60356-8

Ein märchenhafter Auftritt
978-3-401-60357-5

Tannenbach
Frau Timmigs Haus
Tannenbach
Schule
Gasthaus
›Zur Goldenen Eule‹
Reitverein